SHODENSHA
SHINSHO

万葉集で解く古代史の真相

小林惠子

JN170511

祥伝社新書

新書版のためのまえがき

『日本書紀』では、六六二年の「白村江の戦い」のとき、日本の中大兄皇子が百済を再興するために大海人皇子とともに百済へ行った、とある。なぜ日本の皇子が百済の再興のために出兵しなければならないのか。それから当時の唐国は、ササン朝ペルシアが滅びてその軍団が一部、唐軍に流れてきたため世界最強であった。そのような唐国を相手に、なぜ日本の皇太子たちが「百済再興」を賭して戦わねばならないのか。

この問いに誰も答えてくれず、丸暗記するほかなかった。その『日本書紀』の不備を『万葉集』という、もうひとつの歴史書で解明しようとするのが本書の目的である。

小林惠子

※本書は『本当は怖ろしい万葉集――歌が告発する血塗られた古代史』(四六判単行本／2003年9月・文庫版／2007年2月)を加筆・訂正し、新書版として刊行するものです。

凡例

1 『万葉集』は『日本古典文学大系』（高木市之助他校注　岩波書店　昭和四五年版）による。

2 特に重要な文献を除いて、すでに拙著で引用した文献は省略した。

3 本文の振仮名は新仮名遣い、年齢は数え年である。

4 日本列島は七〇〇年を境にそれ以前を倭国、それ以後を日本と表記した。

5 朝鮮半島は朝鮮に統一した。

目次

第三章　悲劇の政治家・柿本人麻呂

序章

『万葉集』といわれて、まず普通に思い浮かべるのは次のようなことだろう。

四五〇〇以上の歌を網羅し、奈良時代末期に編纂(へんさん)された日本最古の歌集である。編者には聖武(しょうむ)天皇の近臣にして、歌人であり、『万葉集』に多くの歌を残した大伴家持(おおとものやかもち)が係わっている。表記は万葉仮名によっている。

この常識に大きな誤りはない。しかし『万葉集』に限って序文が存在せず、したがって編者名も著作年代も確定していない。なぜだろうか。それは私たちが現在、目にする『万葉集』は一般的な認識より、はるかに複雑な過程を経て成立しているからだ。

まず、誤解を招きやすいのは「万葉仮名」という名称である。仮名というと私たちは「ひらがな」や「カタカナ」を念頭に浮かべがちだ。しかし万葉仮名という特別な仮名文字があるわけではない。

万葉仮名とは、漢字に日本語の発音を当てはめたものである。それを訓読、あるいは表音文字という。たとえば山にかかる枕詞を「あしひきの」というが、『万葉集』では「安思比奇能」（巻十八―四〇七六）と、漢字の持つ意味と関係なく日本語の発音を漢字に当てはめるのである。

このような例ばかりでなく、歌の意味と漢字の意味を一致させている表意文字の場合もあるが、その解釈については煩雑になるので、本文中で個別に述べたい。

そもそも中国発生の漢字が、いつ日本に入ったかは明らかではない。『日本書紀』には応神天皇の一六（四〇五）年、百済から王仁が典籍を持って来日し、太子のウジノワキノイラツコ（菟道稚郎子）の師となったのが最初とある。私の考え（『広開土王と「倭の五王」』）では、ウジノワキノイラツコは五世紀初頭の人だから、五世紀の初頭に漢文、つまり文章としての漢字が日本に入ったというのは、時期的にみて事実かもしれない。

応神天皇の次は仁徳天皇時代である。仁徳は中国に使者を送った「倭の五王」の最初の倭王讃といわれている。この時期、中国東北部は群雄割拠の五胡十六国時代で、漢民族の王朝である晋・宋は中国南部に逼塞していた。晋・宋朝としては、絶域の地といわれるほど、遠隔にありながら、同時に五胡十六国の背後に位置する日本列島と友好関係を結び、背後から五胡十六国を牽制する必要があった。そこで歴代の倭王に叙位するなどして倭国と国交を結んだと思われる。

「倭の五王」の最後の人物、武は五世紀後半の雄略天皇といわれている。倭国が晋朝と通交を始めた仁徳から、宋に送使した雄略に至る五世紀中に、文化交流の一環として日本在住の一部知識人に漢文が定着したとみてよいだろう。こうしてみると『万葉集』巻一の冒頭に雄略天皇の歌が、巻二の冒頭に仁徳天皇の皇后、磐姫の歌があるのは偶然とはいえなくなる。

六世紀になると、北朝の遊牧民系の北魏が中国東北部で建国し、日本列島と漢民族の南朝宋との直接的な国交は断絶した。この間、日本列島は継体・安閑・宣化・欽明・敏達・用明・崇峻・推古天皇時代といわれているが、政情の安定しない時期だった。しかしこの時期、直接日本列島と接触することになった遊牧民や北魏も、文化に関しては漢民族の影響を受けていたから、日本列島が漢字文化を忘れたとは思われない。日本列島には主に朝鮮半島を通じて文化が流入したが、朝鮮半島には五〜六世紀中に建立(こんりゅう)された漢文の石碑がいくつか現在も残っている。六世紀末になると、日本でも聖徳太子が建立したという漢文の碑文が記録に残っている(『風土記(ふどき)』伊予(いよ)国逸文)。

七世紀中葉の六四五(皇極(こうぎょく)四)年、蘇我(そが)一族が中大兄皇子(後の天智(てんじ)天皇)らによって滅ぼされるが、『書紀』によると、この時、蘇我蝦夷(えみし)は『天皇記』、『国記』の書物をことごとく焼いたという。

当時の書物は筆写だから、ごく少数だったことは間違いないが、すでに倭国の王朝記は記録されていたようだ。もちろんそれは中国風の漢文による表記と考えられている。

当時、日本列島は文物の流入だけではなく、民族の流入も盛んで、後世とは比較にならないほど政治的にもアジア全体と密接な関連があった。文化としての文字も例外ではなく、朝鮮半島および日本列島は中国の漢字をそのまま借用していた。

そして『万葉集』の胎動期は日本の漢字定着と軌(き)を一(いつ)にしている。いいかえれば、東アジア文化圏の文字表現の一様式として『万葉集』は位置づけられる。したがって、初期の『万葉集』についていえることだが、『万葉集』は完全に日本化した和歌、『古今集』や『新古今集』などとは、歌の表現方法、内在する意味、意図などに、根本的違いがあるのだ。

両者の違いについて、今まで日本人はさして認識していなかったのではないか。本書では『万葉集』は後世の和歌との間に大きな差があるという認識のもとに解釈を進めたいと考えている。

しかし当時の日本は文字によらず、過去の出来事を人から人に口承でいい伝えるのが本来の姿だった。それを万葉仮名の形式で記録したのが、日本最古の歴史書『古事記』であることはいうまでもない。『古事記』は七世紀後半に天武(てんむ)天皇の勅命により稗田阿礼(ひえだのあれ)が詠(よ)み習わしたが、完成には至らず、それを和銅(わどう)五（七一二）年一月、太安万侶(おおのやすまろ)が編纂し直して元明(げんめい)天皇に献上したものである。

『古事記』が完成したこの時期は盛んに『万葉集』に記載される歌が作られていた。

万葉仮名が最も盛行した時代だったといえよう。

白川静氏（『後期万葉論』）によると、『万葉集』にみえる天智朝（『書紀』によると六六一～七一）以前の歌はすべて『万葉集』成立の時点で記録されたものであるという。それまでの歌は文字によるのではなく、人の口から口に口伝された歌謡や、神に捧げた呪歌が伝承されていたものであるという。『万葉集』と同じように万葉仮名で記された『古事記』の発案が天武朝（『書紀』では六七二～八六）であり、成立が和銅五年という時期からみて、歌が万葉仮名で記録されるようになったのは六六一年以後とみる白川氏の意見はほぼ妥当だろう。

それ以前の歌、すなわち『古事記』や『日本書紀』『万葉集』にみえるスサノオから神功皇后や仁徳天皇の歌、さらには雄略天皇から六世紀中葉の舒明天皇時代に至るまでの歌は、地方に伝承されていた歌謡や神に捧げた呪歌を、ある特定の人物の歌としたものであり、またある人物が述べた言葉を口承によって伝承し、後年、記録したものと推定されている。口承された歌とは、それぞれの土地の言葉で代々、親から子というように、口伝えで受け継がれたものだから、異言語圏の漢文では表記できない。そこで万葉仮名は発案されたと考えられている。

私は斉明朝（六五五〜六六一）から『万葉集』に登場する女流歌人額田王が「万葉仮名」を発想した人ではないかと思っている。それについての詳細は本文に譲る。

このように万葉仮名は、日本列島に漢字文化が流入してから二〇〇年以上経て現われた日本独自の表記方法だった。しかし万葉仮名は『万葉集』が成立するとたちまち消滅した。平安時代初期に「ひらがな」が発明されたからである。「ひらがな」は女文字といわれているように、初めは女性が多く用いた。漢文は男性の書くもので江戸時代に至るまで存在していたのは周知のことである。

ところで日本最古にして膨大な歌集である『万葉集』は当然、平安時代から現在に至るまでさまざまな角度からアプローチされてきた。

一　まず第一に『万葉集』における万葉仮名をどう解読するかという基本的研究。

二　『万葉集』と同じように、漢字を訓読みして表記した吏読といわれる朝鮮半島の郷歌などと、『万葉集』との関連の研究。

三　それぞれの万葉歌の文学的価値の研究。

四　『詩経』など中国の詩歌や文学が万葉歌に与えた影響についての研究。
五　防人の歌などにみえる地方の庶民の歌から、当時の生活や時代背景を探る民俗学的研究。
六　柿本人麻呂や山辺赤人など著名な作者についての研究。
七　『万葉集』にみえる草木や動物についての研究。

などなど『万葉集』は多岐にわたって長年、研究されてきた。
しかし、このような『万葉集』の積年の研究に私の入り込む余地はない。

本書は『万葉集』研究家が長年にわたって、積み上げてきた研究成果を基にして、『万葉集』の編纂者が密かに語ろうとしている政治裏面史を解明しようとするものである。

この私の立場は梅原猛氏の次の意見と一致する。

「いわば、『万葉集』巻一は、壮大な歴史的叙事詩である。そこで歌われるのは主として舒明帝から元明帝までの変転きわまりない歴史ドラマである。私はそこにもう一人のホメロスを見るのである。このホメロスは、古代ギリシャのホメロスのように事件を詳細には語らない。

ただ、事件の主役となる人物、およびその周辺の人物を登場せしめて、短い歌を歌わせる。

その短い歌に、多くの歴史的事実と、無数の人々の哀歓がこめられているのである」

（『水底の歌』下）

ただし『万葉集』の歌に内在している歴史的事実をいかに具体的に読み取るかが最も重要でむつかしい問題なのである。何となく想像するのは誰でもできる。一定の法則をみつけだし、それによって恣意（しい）と独断に陥らない解釈をしなければならない。

このように私の『万葉集』研究の立場が決まっている以上、現代までの膨大な『万葉集』の所論を、右に記したすべての分野で解明していたのでは、問題を複雑にし、私論が不鮮明になるばかりか、本書を完成させることもできないだろう。私の目的は『万葉集』という歌集の研究ではなく、『万葉集』が潜在させている歴史的事実を明らかにしようとすることにある。そこで資料を多用すると煩雑になるので引用は最小限度にとどめることにした。

さて『日本書紀』や『続日本紀（しょくにほんぎ）』は正史である。正史はしばしば時の為政者によって歪曲（わいきょく）される。また正史は結果のみを記述して、よってきたる因果関係は省略している場合が多い。それを補うのが日本古代史においては『万葉集』なのである。『万葉集』の語りかけるものは、恋歌などに仮託した歴史の裏話が多い。その先例は中国古代の『詩経』にある。ただし『詩経』は時の政治批判が主流であるが、『万葉集』の場合は為政者クラスの歌が数多く含まれている関係上、政治批判がそのまま歌になっている例は少ない。多くは暗示にとどめられ、「知る人ぞ知る」という形式になっている。したがって読者に歌の真意を察知する能力がなければ、『万葉集』は政治裏面史としての役割を明示できないままで終わってしまうのである。

本書は『万葉集』からみた、もう一つの日本古代史を追究しようとするものである。それは平安時代の『古今集』以後の歌集と違って、『万葉集』は初めから政治的意図をもって成立した歌集と私は考えているからである。

今までも古代史を解明するにあたって、私はしばしば『万葉集』を参考にし、引用もしてきた。特に奈良時代に関しては、『万葉集』なくしては政治史の解明は不可能だろう。しかしそれには正史『続日本紀』が記述していることと、『万葉集』の歌とがどのような因果関係を持ち、何を語ろうとしているのか、推理しなければならない。

特に史料の少ない古代政治史においては、推理力がなければ解明できないというのが私の結論である。『万葉集』は正史では語り得ない、恐るべき政治裏面史としての素顔をみせてくれる。本書は現在まで、外国の史料と『古事記』『日本書紀』『続日本紀』などによって結論した古代史の試論を、今度は『万葉集』を主体にして、それぞれの歌から時の政治状況を解明し、より私見を強固にしようというのが目的である。ただし万葉歌を解釈するにあたって、本書で私が提示する史観と現代の古代史通説との間に大きな隔たりがあるので、初めて本書に接する方は愕然とされるだろう。

ここに私が述べる史観は過去、現代思潮社で三冊、文藝春秋において一〇冊の本で、その根拠と理由を明らかにしてきた。したがって重複を避けるために本書では最低限の記述にとどめ、文中に該当する拙著名を示すことにした。私の史観が現代の定説とは異なり、飛躍していると思われる方々は、お手数ながら、それらの既著を手にとって確認していただきたい。

また、少なくとも以下の私見を前提として本書をお読みいただければ、定説との隔たりを埋める一助となるはずである。

■六六二年に始まる「白村江の戦い」で半島出兵した中大兄皇子（後の天智天皇）は百済の亡命王子であり、大海人皇子（後の天武天皇）は高句麗の将軍であった。戦いに敗れた両者は倭国内で対立し、以後、天智系皇子と天武系皇子の対立が続く。

■新羅の文武王（後の文武天皇）は大海人の子で、唐国に抵抗した父と共闘して反唐国の態度を終生、堅持した。したがって唐国は天武系皇子の倭王（天皇）即位を認めようとしない。この唐国の姿勢は、奈良時代に引き継がれた。

■「壬申の乱」で天武朝が成立し、大津朝を経てやがて持統朝の成立をみるが、持統天皇として即位したのは天智天皇の子、高市皇子である。

第Ⅰ部

額田王と「天皇暗殺」

第一章　額田王は「帰国子女」だった

■天武天皇に召された証拠とは

額田王が『万葉集』の初期を飾る最も有名な女流歌人であることは周知である。歌を万葉仮名といわれる方法で記録するのに貢献した人物の中で、筆頭に挙げられるのは額田王としても異論はないだろう。しかし、その出自に関しては史料がないのでさまざまに憶測されている。

まず、額田王がどのような人物だったか、あらゆる先入観を捨てて『書紀』から検証してみよう。

「天武紀」には「天皇初娶鏡王女額田姫王、生十市皇女」とある。普通には「(天武)天皇は初めに鏡王の娘の額田姫王（姫王・女王・王女、すべて王と同じ意味）を娶り、十市皇女を生む」と読まれている。

鏡王は後に藤原鎌足の妻になり、『万葉集』（巻四―四八九）に歌を残している。『書紀』の天武一二年七月条に、天皇が鏡姫王の家に行って病を訪うたが、翌五日に没したとある。このように史料にみえる鏡王は女性であり、男性ではないことから、私はかつて鏡王は額田王の母と判断した（『白虎と青龍』）。

額田王は『書紀』では姫王とあるが、『万葉集』では額田王とある。したがって女王と記載されていなくても鏡王を男性とする根拠にはならない。しかも鏡王を男性とするならば系譜不明の人である。

しかし鏡王と額田王を母娘とした私の説は訂正しなければならない。「天皇、初めに鏡王を娶り、額田姫王は十市皇女を生んだ」と解すべきだったのである。

ただ子を生むとだけ表現する妃の例は普通にある。たとえば同じ「天武紀」に「先納皇后姉大田皇女為妃。生大来皇女與大津皇子。次妃大江皇女、生長皇子與弓削皇子」（まず皇后〈この場合、鸕野皇女〉の姉大田皇女を妃となし、大来皇女と大津皇子を生む。次いで妃の大江皇女は長皇子と弓削皇子を生む）とあることからみてもわかるように、大江皇女の場合、天武天皇の「妃となす」という言葉が省略されている。子供がいる場合、生まれた皇子、皇女名を出して、「納す」とか「妃と為す」とかの言葉を省くのが『書紀』の特徴である。額田王の場合も十市皇女を生んでいるので「妃となす」という言葉を省略したのである。

ここで問題なのは鏡王に限って「娶る」という字を使っていることだ。「娶」には「女」と「取る」という字が組み合わさっている。「娶る」は現代では正式な結婚に使うが、本来、略奪結婚や正式な結婚によらない男女関係を暗示するものだったようである。要するに「寝取る」という意味が内在しているのではないだろうか。

結論として『書紀』は天武天皇は若い頃、鏡王と密通したことがあり、額田王は天武天皇に召されて十市皇女を生んだとしているのだ。鏡王と額田王が併記されているところからみて、おそらく二人は姉妹だった。

通説では、かつて額田王は大海人皇子（天武天皇）と結婚して、十市皇女を生んだが、後に天智天皇の後宮に入ったとされている。

しかし「天智紀」には大勢の妃の名と大勢の子の名は出ているが、額田王については一言もない。額田王が天武妃だったことは『書紀』に明記されているが、天智妃だった証拠は何もないのである。

■「大和三山」の歌をめぐる中大兄、大海人との三角関係説

中大兄皇子と大海人皇子が額田王をめぐって三角関係にあったという説は、どうやら『万葉集』の中大兄皇子の次の歌（巻一―一三・一四・一五）に由来しているらしい。

中大兄近江宮に天の下知らしめしし天皇の三山の歌

13 香具山は　畝火雄々しと　耳梨と　相あらそひき　神代より　斯くにあるらし　古昔も　然にあれこそ　うつせみも　嬬を　あらそふらしき

中大兄江宮御宇天皇三山歌

高山波　雲根火雄男志等　耳梨与　相諍競伎　神代従　如此尓有良之　古昔母
然尓有許曾　虚蟬毛　嬬乎　相挌良思吉

反歌

14香具山と耳梨山とあひし時立ちて見に來し印南國原

高山与　耳梨山与　相之時　立見尒來之　伊奈美國波良

反歌

15わたつみの豐旗雲に入日見し今夜の月夜さやに照りこそ

右一首の歌、今案ふるに反歌に似ず。ただし、舊本此の歌を以ちて反歌に載す。故に今なほ此の次に載す。また紀に曰はく、天豐財重日足姫天皇の先の四年乙巳に天皇を立てて皇太子となすといへり。

渡津海乃　豐旗雲尒　伊理比弥之　今夜乃月夜　清明己曾

右一首歌、今案不レ似二反歌一也。但、舊本以二此歌一載二於反歌一。故今猶載二此次一。亦紀曰、天豐財重日足姫天皇先四年乙巳、立二天皇一爲二皇太子一。

表面上の歌の意味は簡単である。

香具山は、畝傍山を雄々しいと感じ、その愛を得ようと耳梨山と争っている。神代から争っていたらしい。昔もそうだったから、今も妻を争っているらしいというのである。

この歌の真意は、中大兄皇子を表意する香具山と、耳梨山で表わされる大海人皇子が畝傍山の額田王を争っていると捉えられている。そこで額田王をめぐって中大兄皇子と大海人皇子の三角関係があったとされるのである。

香具山は私が天智天皇の子と考えている高市(たけち)皇子の邸宅があった場所だから、中大兄皇子(天智天皇)を暗示していることは間違いない。ところが畝傍山は蘇我(そが)一族の邸宅があった場所だから、額田王ではなく蘇我氏を暗示しているのだ。

耳梨山に大海人皇子の邸宅があったという話はない。しかし耳梨山は大海人皇子を暗示している。耳梨山が大海人皇子を表意していることは諡(おくりな)の「天渟中原瀛眞人(あまのぬなはらおきのまひと)」の「渟」と「瀛」が水に係わっていること、そして後に詳述するが、五行説でいえば「水徳」の五官は「耳」であることから通説とされる。大海人皇子(天武天皇)は木徳であると同時に水徳の人でもあったのだ。

ただし、この歌では耳梨とあるが、巻一（五二）の「藤原の御井の歌」では耳梨山を「耳高之　青菅山者」（岩波・昭和四五年版）と表記していることに注目したい。「耳高」をミミナシとはどう考えても読めない。『万葉集』がここでわざわざナシを解読不能な「高」という字に当てている理由は、大海人皇子が高句麗の高氏であることを暗示するためと私は考えている。

この中大兄皇子の大和三山の歌は「中大兄」とだけあって、尊称もなく皇子名で出ているところからみても即位前の歌であるといわれている。

百済武王の子、翹岐こと中大兄皇子は武王末年に百済の内紛に巻きこまれ、武王の没した六四一年一一月、済州島に母親、後の斉明天皇等と島流しになった。そして六四三（皇極元）年四月に翹岐は朝廷に拝朝し、蘇我蝦夷が翹岐を畝傍山の自宅に招待したと『書紀』にみえる。この時の朝廷とは聖徳太子の子の山背大兄の大和朝廷である。

そして翌六四四（『書紀』では皇極二）年六月、高句麗将の蓋蘇文こと大海人皇子が

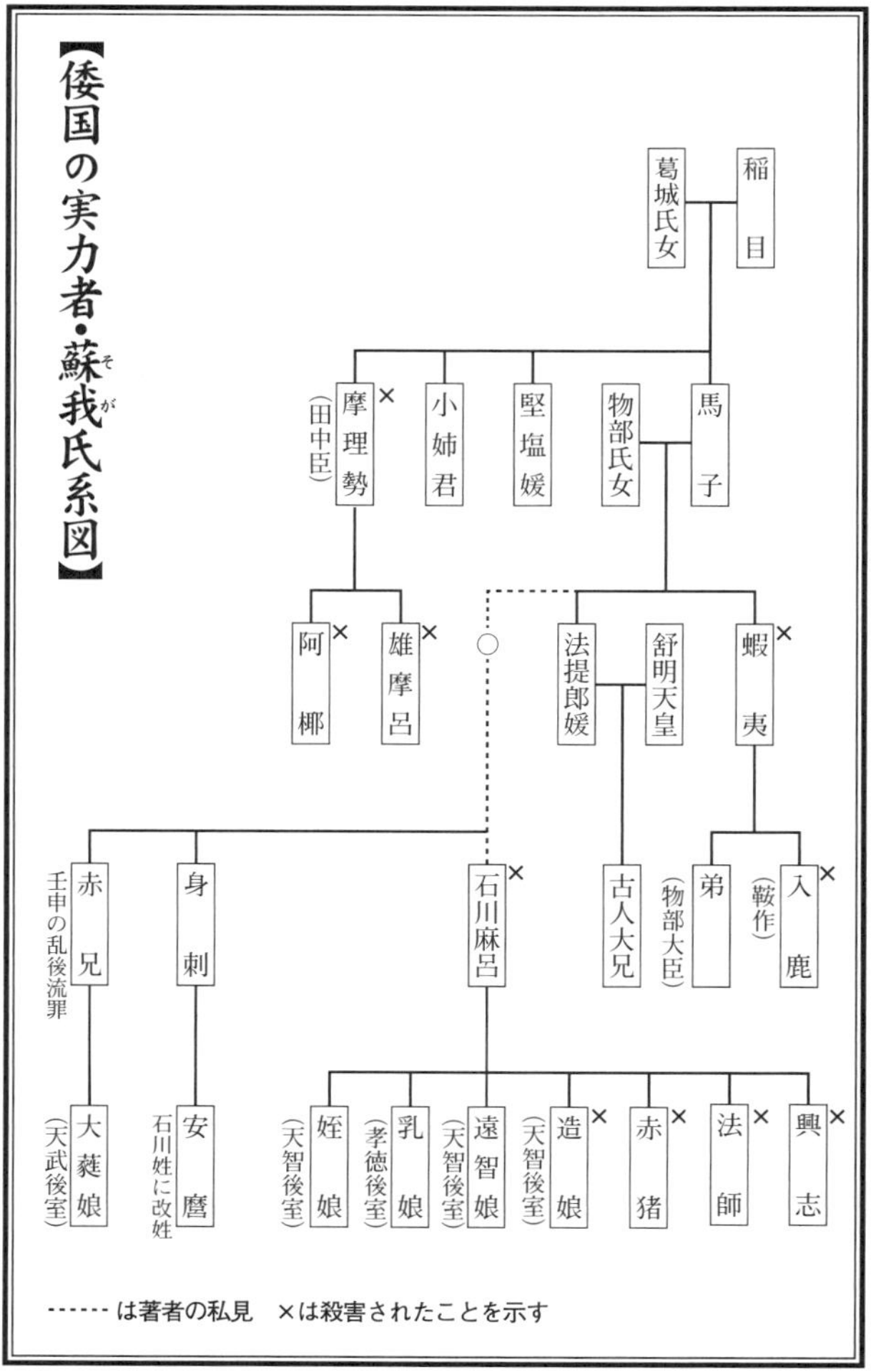
【倭国の実力者・蘇我氏系図】
稲目
葛城氏女
馬子
物部氏女
堅塩媛
小姉君
摩理勢
(田中臣)
蝦夷
舒明天皇
法提郎媛
○
雄摩呂
阿椰
入鹿
(鞍作)
弟
(物部大臣)
古人大兄
石川麻呂
身刺
赤兄
壬申の乱後流罪
興志
法師
赤猪
造媛
(天智後室)
遠智娘
(天智後室)
乳娘
(孝徳後室)
姪娘
(天智後室)
安麿
石川姓に改姓
大蕤娘
(天武後室)
------は著者の私見　×は殺害されたことを示す

唐国の高句麗侵略に備えて倭国勢を対唐国戦に投入するために来日した。同年一〇月、蘇我入鹿を巻き込んだ大海人・中大兄勢力によって山背一族は法隆寺に追い込まれ、滅亡させられる（『白虎と青龍』）。

まだこの時点では、倭国土着の最大実力者蘇我一族が健在で、倭国の治世は蘇我蝦夷の手中にあった。中大兄皇子の「大和三山」の歌は、百済王子翹岐として倭国に亡命して間もない頃の歌だったのである。

大海人皇子は倭国の兵力を高句麗に動員するために蘇我蝦夷の承認が必要だった。それに対して翹岐は山背王朝を滅ぼして、とりあえず倭王即位が願いだったが、これも蘇我蝦夷の承認が絶対的条件だった。『書紀』には中大兄皇子が蘇我蝦夷の娘を妃としたとは出ていないが、蝦夷一族が滅ぼされたために消したのかもしれない。蘇我氏の傍系の蘇我石川麻呂や蘇我赤兄の娘が後室にあったことはみえている。

大海人皇子が即位したのは、蘇我氏本流が六四五年に滅んで（乙巳の変）二八年後の六七三年のことなので、後室に蘇我氏の影は薄い。それでも蘇我赤兄の娘がいる。

すなわち「大和三山」の歌は、蝦夷一族の屋敷が畝傍山にあることから蘇我氏を暗示し、蝦夷父子を滅ぼす「乙巳の変」の前夜、蘇我氏の後盾を願って中大兄皇子と大海人皇子が争ったというのが歌の意味だったのである。

このことは「大和三山」に続く歌（一五）によっても証明される。表面からみれば、海原の上の豊旗雲(とよはたぐも)に入日が射し、今夜の月夜は清く明るいだろうという壮大な風景を詠(よ)んだ歌にみえる。しかし、李寧熙(イヨンヒ)氏（『甦える万葉集』）は古代朝鮮語で読むと、次のような意味になるという。

「海人（大海人）が動き出した。同盟は傾いたので、伊理(いり)（入鹿一族）を斬り出そう。今こそ私が聳(そび)え立って頂上（王）を目指そう」

古注には皇極四年に皇極天皇が中大兄皇子を皇太子にしたとあるが、『書紀』には何もみえない。ただし皇極四年は「乙巳の変」のあった六四五年で、蘇我一族が滅ぼされた年である。

李寧熙氏は『万葉集』の歌の万葉仮名を、古代日本語ではなく、吏読(イド)も含めた古代朝鮮（韓国）語で読み解いている。その結果、現在までの万葉歌の解釈とはまったく違った結論に至る歌があった。その万葉歌は特に恐るべき政治裏面史を物語っていたのである。この方法による解読によって、中大兄皇子のこの歌は明らかに「乙巳の変」にからんで作られた歌ということがわかる。

蘇我蝦夷としては、中大兄皇子は倭王の座を狙う立場の人という認識があった。中大兄皇子本人も舒明天皇の子として野心を持っていた。しかし蘇我蝦夷と息子の入鹿が想定していた倭王は、蘇我馬子の娘（蝦夷には姉妹にあたる娘）と舒明天皇との間に生まれた古人大兄皇子だった。私は皇極朝の山背大兄一族が滅ぼされるまでは山背王朝時代で、山背一族が滅ぼされた後は古人大兄皇子朝であり、『書紀』にいう中大兄皇子の母の皇極朝は存在しなかったとみている（『白虎と青龍』）。

中大兄皇子の倭王即位の野望に対して、当時の大海人皇子は高句麗将であって、対唐戦に奔走しており、倭王への野望はまったくないようにみえた。このことから蘇我蝦夷父子は大海人皇子への傾斜を強めていたのではないだろうか。

そこで中大兄皇子は焦った。つまり山背大兄一族を滅亡させるまでの大海人皇子との同盟は、蘇我蝦夷が反中大兄皇子色を鮮明にしたため崩れようとしていたのである。『書紀』の「乙巳の変」の描写においても、大海人皇子は一切、登場せず、中大兄皇子が最初に入鹿に斬りつけたとある。やはり「乙巳の変」は中大兄皇子が主導していたようである。

『万葉集』だけに、この年、中大兄皇子が立太子とあるのは、蘇我蝦夷父子の滅亡によって、中大兄皇子の即位が実現可能になった事実をいわんとしたのだろう。

結論として、「大和三山」の歌はこの頃の蘇我蝦夷父子一族をめぐる中大兄皇子と大海人皇子の内在した確執を歌った歌で、額田王との三角関係を歌った歌ではない。

額田王は天智妃ではなかった

『書紀』には額田王は天智妃とされていないのに、通説では額田王は大海人皇子との間に十市皇女を生んだ後に天智妃になったとされている。私もそう思っていた。

それは『万葉集』の重複した二つの歌による。額田王の歌が巻四の「相聞」四八八と巻八の「秋の相聞」一六〇六と重複し、続く鏡王（女）の歌（四八九と一六〇七）も重複している。『万葉集』の編者はよくよく二者の歌を印象づけたかったらしい。

額田王（ぬかだのおほきみ）、近江天皇（あふみのすめらみこと）を思（しの）ひて作る歌一首

488 君待つとわが戀ひをればわが屋戸（やど）のすだれ動かし秋の風吹く

額田王思㆓近江天皇㆒作謌一首

君待登　吾戀居者　我屋戸之　簾動之　秋風吹

鏡王女（かがみのおほきみ）の作る歌一首

489 風をだに戀ふるは羨（とも）し風をだに來（こ）むとし待たば何か嘆かむ

鏡王女作謌一首

風乎太尒　戀流波乏之　風小谷　將來登時待者　何香將嘆

額田王の歌は「君を待つと私が恋しく思っているところに、家のすだれを動かし、秋の風が吹く」という意味で、「近江天皇を思ひて作る」とあるところから、近江天皇（天智天皇）と額田王との間に男女関係があったとして、今まで疑われなかったの

である。

『万葉集』では「恋しい」とか「思う」という言葉は父娘、母娘、姉妹、兄妹、弟姉などの近親間でも普通に使われる。必ずしも恋人同士とは限らない。まず、このことを頭に置く必要がある。

李寧熙氏（『もう一つの万葉集』）は額田王のこの歌には「恋」とか「思う」という恋愛感情はないという。

「あなたに抱かれて、おとなしく赤ちゃんを生もう。赤ちゃんよ、おいでよ」という意味になるという。

確かに続く鏡王女の歌は「風でも恋うのはうらやましい。風だけでも来ると待っているのなら何を嘆くのですか。私には風さえ吹いてこない」と額田王をうらやむ歌である。「天武紀」には「天武天皇は鏡王と額田王を娶った」とあった。鏡王も天武妃だったのだから、額田王の相手が天武天皇なら、天武の子ができた額田王をうらやむのも当然なのである。

額田王は鏡王に遠慮して、李寧熙氏の指摘するように古代朝鮮語による裏読みをしたと思う。つまり「私は天武天皇に恋してなどいません。ただ天武天皇は子供を生むために私を召したのですから」という意味にとれる。現に額田王は天武天皇との間に十市皇女を生んでいる。

いずれにしても額田王が待っていた相手は天智天皇ではなく、天武天皇だった。額田王の相手は天智天皇ではなかったが、しかし額田王が天智天皇を思っていたことも間違いない。額田王は天智天皇の異母妹だったのだから当然である。『書紀』、『万葉集』は故意に額田王と鏡王が天智天皇の異母妹だったことを史上から消したと思われる。

舒明天皇の押坂陵(おしざか)の領域内に鏡女王の墓があることから（『延喜式』巻二一諸陵寮）、鏡女王は舒明天皇の娘という説は従来からあった。私も額田王を舒明天皇の娘と一度は考えたが、『書紀』には出ていないことで断念した（『白虎と青龍』）。

やはり、日本の史料だけでは、『書紀』の記載を超えることはむつかしいと今、反省している。鏡・額田王姉妹が舒明天皇の娘で、天智天皇の異母妹だった根拠については、後に詳述する。

■「あかねさす紫野行き…」の歌の真意

大海人皇子との額田王の歌のうち、もっとも有名なのが、次の贈答歌（巻一―二〇・二一）である。この歌が「相聞」ではなく、「雑歌（ぞうか）」の部に入っていることからみて、恋人同士の歌でないことがわかるが、歌の内容から相聞の歌と思われている。

そして重要なことは、この贈答歌は額田王が天智妃だったという証拠の一つにされていることである。

20 天皇、蒲生野（かまふの）に遊獵（みかり）したまふ時、額田王（ぬかだのおほきみ）の作る歌

あかねさす紫野（むらさきの）行き標野（しめの）行き野守（のもり）は見ずや君が袖振る

天皇遊二獦蒲生野一時、額田王作歌

茜草指　武良前野逝　標野行　野守者不見哉　君之袖布流

21 皇太子（ひつぎのみこ）の答へましし御歌　明日香宮に天の下知らしめしし天皇、謚して天武天皇といふ

紫草（むらさき）のにほへる妹（いも）を憎（にく）くあらば人妻ゆゑにわれ戀ひめやも

紀に曰はく、天皇七年丁卯、夏五月五日、蒲生野に縦獵したまふ。時に大皇弟・諸王・内臣と群臣、悉皆に従そといへり。

皇太子答御歌 明日香宮御宇天皇、諡曰二天武天皇一
紫草能 尓保敝類妹乎 尓苦久有者 人嬬故尓 吾戀目八方
紀曰、天皇七年丁卯、夏五月五日、縦二獦於蒲生野一。于レ時大皇弟諸王内臣及群臣悉皆従焉。

額田王の歌の表の意味は「東の空が赤らむ紫野や標野（禁区）をあなたが行きながら、私に袖を振って名残を惜しむのを野守は見てはいないでしょうか」と禁じられた恋を歌っている。それに対して大海人皇子は「紫草のように美しいあなたが憎いなら、人妻であるあなたを恋しはしないでしょう」と無難な返歌で答えている。

解説には右にあるように、天智七（六六八）年五月に天智天皇をはじめ、大和朝廷の君臣すべてが蒲生野に集まって狩りをした時の歌とある。六六八年は、一月に近江大津京で天智天皇が即位し、高句麗が唐国に滅ぼされた年で、高句麗将の蓋蘇文こと

大海人皇子は帰国もできず、生涯のうちで最も窮地に立たされた時期である。

李寧熙氏（『もう一つの万葉集』）によると、額田王の歌は朝鮮語の裏読みで完全にポルノ的解釈ができるという。

後に説明するが、六六八年といえば六二三年に生まれた大海人皇子も、六二〇年代後半に生まれたらしい額田王も、すでに中年の域に達している。このことから狩りの遊びのたわむれに昔を思い出して二人は歌を交わしたとする意見が一般的である。

しかし、大海人皇子にとって、この頃はそんな甘い時期ではなかった。古注には蒲生野での狩りの時とある。「狩りをする」という意味は、この時代、戦いを暗示する。

翌六六九年一〇月には、天智天皇と大海人皇子の間を取り持っていた藤原鎌足が天智天皇によって賜死させられ、翌六七〇年一月に天智天皇は高安城に食料を備蓄させ、長門と筑紫の二城を整備して大海人皇子側の新羅と唐人との侵攻に備えている。

そして同年六月、天智天皇は忽然と姿を消したのである。天智天皇の失踪は大友皇子や蘇我赤兄など近江朝の中心をなす人々によって極秘にされた（『白虎と青龍』）。『書紀』に翌六七一年一〇月、内裏で百仏の開眼をしたとある頃から、ようやく天智天皇の不在が世に知られるようになったようだ。

この時、大海人皇子は「未だ時、至らず」と考えたとみえ、近江朝に反抗する気配はみせず、妃の鸕野皇女をはじめ少数の供人を連れ、僧侶姿になって吉野に引き籠もった。古人皇子がそうしたように、吉野は敗者の引き籠もる場所だが、ただし隠棲する場所ではない。吉野川を下れば淡路島を目の前にする海に出て、瀬戸内海から九州、朝鮮半島に出られる交通の要路でもあった。大海人皇子は吉野にあって外国からの援軍到着の報告を待ったのである。

新羅と傭兵の唐人が近畿に入った報告を受けとると、ただちに吉野を出た。翌六七二年六月のことだった。途中で近江大津京からかけつけた高市皇子の近江軍と合わせて大津京を攻めて落城させ、大友皇子は敗走途上、大友皇子に近侍していた高市皇子の忠臣、物部麻呂に殺された。この年が六七二年の壬申年だったので、この戦いを「壬申の乱」という。翌六七三年二月に大海人皇子が倭王として即位した。

このように六六八年一月の天智天皇の即位から六七〇年六月、天智天皇が姿を消すまでの二年半は、天智天皇と大海人皇子の間は一触即発の状態だったのである。

この両者の対立を少しでも和らげようと、額田王は大海人皇子に昔の関係を思い出させる、ことさら大胆な裏読みをした歌を贈って大海人皇子を誘ったのだろう。

李寧煕氏の裏読みではこうなる。

「あかい股が紫色のほとを行きます。標野を行くのです。野守は見ていないでしょうね。貴方が私のハサミをひろげるのを」。ハサミは「君が袖振る」の万葉仮名「之袖布流」だが、朝鮮語では「ガサボルヨ」と発音し、「あなたが私のハサミ（股）を広げる」という意味になるという。

額田王は大海人皇子と自分との昔の仲に免じ、そして二人の間の娘、十市皇女が大友皇子の妃である事実をふまえて、大海人皇子が少なくとも近江朝成立を黙認して天智天皇と戦わないよう願って歌を贈ったと思われる。それに対して大海人皇子は、額田王を憎いと思っているなら、人妻であるあなたを恋しはしないだろうと満更でもない返事をしているようにみえる。しかし、大海人皇子が額田王を憎んではいないといっている言葉を裏返せば、彼が額田王を憎いと思う立場にあったということだろう。

大海人皇子が額田王を憎いと思う立場、それは額田王が天智天皇側にあった女性だからである。結局、野望に生きる大海人皇子にとって、額田王の誘いは目的が透けてみえ、一顧だにしなかったようである。

■では額田王の再婚相手は誰だったのか

私は、大海人皇子は倭国で生まれたかもしれないが、少年期には遊牧民世界を放浪しており、そして高句麗に行き、高句麗将の蓋蘇文になった人と考えている（『白虎と青龍』）。

蓋蘇文は「列伝」（九『三国史記』）によると、自ら水の中で生まれたと称して衆を惑わしたとある。水の中から生まれるのは龍である。五行思想でいえば、天武天皇は諡などから木徳の人と考えられるが、龍は木徳の動物だから、蓋蘇文時代から大海人皇子は木徳を自認していたのである。木徳の方向は東である。ここで蓋蘇文は出自不詳としながら、龍を自称して東、つまり、倭国から来た人間であることを暗示させている。大海人皇子もまた万葉仮名を裏読みする資格を持った人だったようだ（五行思想については83ページの表参照）。

ところで大海人皇子の歌では額田王を「人妻」と称していることから、額田王は天智妃として今まで疑われたことはなかった。しかし額田王は大海人皇子と別れてから後に、中臣大島に嫁したらしいことが粟原廃寺（奈良県多武峯）の露盤銘によって想像されている。

露盤銘には大島が天武天皇時代、日並御東宮（草壁皇子とされている）のために寺院を建てようと発願した。ゆえに比売朝臣額田（額田王）が甲午（持統八）年に寺院の建立を始めたとある。『書紀』によると大島は前年の持統七年三月あたりで没しているから、額田王の寺院の発願の真意は大島の菩提を弔うためだったと思う。

大島は中臣氏の本系、中臣糠手子の次男許米の子である。天武一〇（六八一）年三月、天武天皇が帝紀など史書を編纂しようと皇子、諸臣を集めた時、筆録者として初めて史上に登場した。私が大津朝と考えている天武一二年頃から頭角を現わしたらしく、同年一二月に諸王等と諸国の国境を定めたとある。一時期、藤原姓を名乗ったらしく『書紀』天武一四年九月条に藤原朝臣大島とみえる。

大海人皇子の歌（38ページ）の「人妻」とある額田王の夫が大島であるかどうかは

わからない。大海人皇子の歌から十数年経て大島が史上に登場してくるところをみると、大島は額田王より、はるかに年少であることが想定されるから、六六八年当時の額田王の相手は大島の父か、まったく別人だったかもしれない。いずれにしても天智天皇ではないと私は考える。当時、王は家臣に妃を下賜して、絆を強める習慣があった。孝徳天皇が藤原鎌足に妃を下したとあるのが、その一例である。

まず中大兄皇子は大海人皇子との関係を緊密にするために、妹の額田王を大海人皇子に与えた。それは中大兄皇子が来日して間もなく、山背王朝や蘇我蝦夷一族を滅ぼすには大海人皇子の協力が不可欠だったからだろう。そして額田王は大海人皇子との間に十市皇女を生んだ。

六六二年の対唐国戦の「白村江の戦い」以後、完全に中大兄皇子と大海人皇子の関係に亀裂が生じる。すると、大海人皇子にとって、中大兄皇子の妹の額田王は重荷でしかなくなった。そこで大海人皇子は額田王を自分の家臣の一人に下し、家臣との絆を強めると同時に、中大兄皇子との対立を鮮明にしたことも想像される。

ともかく六六八年の時点で、額田王と大海人皇子との仲が切れていたことは大海人皇子の歌からみて明らかである。それでも額田王は大海人皇子に昔を思い出させて、必死に天智天皇と大海人皇子との対立を緩和しようとした。それが「あかねさす」の歌だったと私は思う。このことは次に紹介する額田王の「三輪(みわ)山の歌」からも想像される。

■近江京遷都の歌の「裏読み」

古注には天智六（六六七）年三月に近江に遷都する時の歌（巻一―一七）と注釈されている。ただし続いて「井戸王即和歌」とあるから、反歌は井戸王という人の歌かもしれない。

額田王の近江國に下りし時作る歌、井戸王(ゐのへのおほきみ)すなはち和(こた)ふる歌

17 味酒(うまさけ)　三輪(みわ)の山　あをによし　奈良の山の　山の際(ま)に　い隠(かく)るまで　衜の隈(くま)　い積るまでに　つばらにも　見つつ行かむを　しばしばも　見放(さ)けむ山を　情(こころ)なく　雲の　隠(かく)さふべしや

額田王下二近江國一時作歌、井戸王即和歌

味酒　三輪乃山　青丹吉　奈良能山乃　山際　伊隠万代　道隈　伊積流
万代尓　委曲毛　見管行武雄　數〻毛　見放武八万雄　情無　雲乃　隠
障倍之也

この歌は三輪山を大海人皇子にたとえて、天智天皇に従って近江京に行く額田王が大海人皇子に名残を惜しんだ歌と捉えられ、私もそう思っていた。ところが李寧熙氏はこの歌の万葉仮名を朝鮮語で読むと次のようになるという。

味酒（うまし酒・弥鄒（ミチュ））　三輪乃山（三輪の者、集まれ・憎しみをあらわにしてくれるな）

青丹吉（ぽっかり空いていて良い・一緒になって勝つ）

奈良能山乃（奈良は集まる・国は集まる）

山際（集まって行く）　伊隠万代（たて続けに行ってしまうぞ）

道隈（行列は長い）　伊積流万代（引っ越してしまうぞ）
尒委曲毛（どう止められる）　見管行武雄（信じて皆行ってみてくれ）
數〻毛（行ってくれ、行ってくれよ）　見放武八万雄（「憎しみ膨らませ」が多い）
情無（無念であるぞ）雲乃（狛の者）　隱障倍之也（行きたそうに見えるではないか）

二種類ある解読のうち、二番目（たとえば「うまし酒」の次にある「弥鄒」）は、第二候補である。このように朝鮮語で裏読みする場合、ある程度、語意に幅を持たせて解読しなければならない。言葉は数学のように絶対的な答えが出ない場合が多い。それをもって学問的でないとするなら、文科系の学問は成立しないのである。特に歴史の場合、物事は多角的に検討し、総合的に判断しなければならないと私は思っている。人間は機械ではない。人が心情と相反する行為をしたり、相反することをいったりするのは日常茶飯事の事実であり、歴史はそれら不確実な人々によって成立しているのだ。

ところでこの歌は李寧熙氏独特の裏読みで、「雲乃（狛の者）が行きたそうに見えるではないか」と暗に額田王が狛＝高麗、つまり高句麗将の蓋蘇文こと大海人皇子に、天智天皇の近江遷都に従うよう促している歌であることがわかる。しかし大海人皇子が近江京に居を移した様子はない。彼は奈良盆地のどこかにあって、この頃、天智朝転覆の機会を狙っていたのである。

■「私は天智一族の人間です」と表明した歌

額田王は大海人皇子と天智天皇の間を取り持とうとしたが、完全に天智側の人だったことは「三輪山の歌」の前の歌（巻一―一六）から確かめられる。

天皇、内大臣藤原朝臣に詔して、春山の萬花の艶と秋山の千葉の彩とを競憐はしめたまふ時、額田王、歌を以ちて判る歌

16冬ごもり　春さり來れば　鳴かざりし　鳥も來鳴きぬ　咲かざりし　花も咲けれど
山を茂み　入りても取らず　草深み　取りても見ず　秋山の　木の葉を見ては
黄葉をば　取りてそしのふ　青きをば　置きてそ歎く　そこし恨めし　秋山われは

天皇詔二内大臣藤原朝臣一、競二憐春山万花之艶
秋山千葉之彩一時、額田王以レ歌判レ之歌

冬木成　春去來者　不喧有之　鳥毛來鳴奴　不開有之　花毛佐家礼杼
山乎茂　入而毛不取　草深　執手母不見　秋山乃　木葉乎見而者　黄葉
乎婆　取而曾思努布　青乎者　置而曾歎久　曾許之恨之　秋山吾者

天智天皇が藤原鎌足に命じて、春山の花と秋山のもみじのどちらが良いか競わせた時の額田王の歌である。

額田王の歌は次のような意味である。

「冬ごもりしていたが、春がくると、今まで鳴かなかった鳥も鳴き、咲かなかった花も咲く。しかし山は茂っているので入ることはできないし、草が深いので取ることもできない。秋山の木の葉を見て、色づいた黄葉を取ってしのぶ。（春の）青い葉は置いて嘆いている。恨めしいことに私は秋山なのだから」

天智天皇は五行思想でいえば方向では西、色では白、季節では秋の人である。天智

天皇は額田王に大海人皇子を表わす春と自分の秋を比べさせて、額田王の心を確かめたのである。

それに対する額田王の答えは「そこし恨めし。秋山われは」だった。春山、すなわち大海人皇子は輝かしい人だが、「山が茂り、草が深い」という表現で、大海人皇子が大勢の女性と関係していることを暗示しているようだ。つまり「大勢の女性に取り囲まれている大海人皇子に私が取りつく余地はありません。結局、私は秋山、つまり天智天皇の一族なのですから」という意味にとれる。

この額田王の歌は表の意味だけで判断できる。それは額田王が天智天皇の血縁だったことは当時、誰もが知っていた事実だからである。額田王の歌に限らず、裏読みをする場合は大体、政治的に公表できない内情を密かに通報しようとする場合のようである。それだけにその解読は政治史解明において必須なのである。

この歌からみても天智天皇と額田王は愛人関係にあったわけではなく、血縁だったことがわかる。

■「新羅本紀」に書かれた「二人の姉妹」

私の説では、舒明天皇は百済の武王だった（『陰謀　大化改新』）。同じことが鏡王と額田王にもいえる。

「新羅本紀」（巻六）文武王（上）に次のような記載がある。

新羅将軍の金庾信の妹に宝姫と文姫という姉妹がいた。ある日、姉の宝姫が山の頂上から放尿して国が水浸しになる夢を見た。妹の文姫は姉の夢を錦の着物で買い取った。

数日後、金庾信が金春秋（後の新羅武烈王）と蹴鞠をしていたところ、春秋の衣装の紐が切れた。そこで金庾信は春秋を自宅に招いて、姉の宝姫を呼び、縫いつけさせようとした。ところが、宝姫は故あって出てこず、文姫が出てきて紐を縫いつけた。春秋は文姫の美しさに惹かれて結婚を申し込み、文姫は春秋の妃となって法敏（文武王）を生んだというのである。

金庾信と金春秋との蹴鞠の場面は、藤原鎌足と中大兄皇子の出合いが蹴鞠を介しているように、中国の説話から導き出した可能性があるので事実と考える必要はない。

金庾信が姉の宝姫を金春秋に嫁がせようとしたところ、支障があって、妹文姫が代わって嫁いだとあることは事実と思われる。同じことが姉の宝姫の夢にもいえるが、夢の話には根拠がある。

紀元前五世紀に書かれたヘロドトスの『歴史』である。

アケメネス朝ペルシアの初代キュロス一世（在位BC六四〇～六〇〇頃）の生誕物語である。メディアの王がある夜、自分の娘が放尿して全アジア（この場合、中近東をいう）が水浸しになる夢を見た。夢占いに占わせたところ、娘の生んだ子が自分に代わって王になる予兆とのことだった。そこで王は当時、未開部族でメディアの傭兵に過ぎなかったペルシア兵の一人に娘を与えた。やがてメディア王女はペルシア兵との間に男子を生んだ。それを知った父のメディア王は、生まれた子をすぐに殺すように命じた。

殺されるべき運命のもと、BC六六〇年にメディア王女とペルシアの傭兵との間に生まれたキュロスは、メディア王の家臣の情けで殺されずに捨てられ、牧夫に拾われて育てられた。キュロスは成長すると、祖父の国メディアを滅ぼしてペルシア人国家を建設し、アケメネス朝ペルシアの初代王になったという話である。

この説話からみて、娘の放尿で国が水浸しになるという夢は、国王の血統の断絶と新しい国家の建設を暗示していると思われる。

本来、宝姫が金春秋と結婚するはずだったのが、故あって金春秋と会うことはできなかったとある。そこで姉の宝姫の夢を買い取った文姫が代わりに金春秋と結婚した。この場合、生まれた法敏は文姫が宝姫から買い取った夢であり、宝姫の子であることを暗示している。

「故あって」宝姫が金春秋に会わなかったとある、その理由とは、宝姫が密通して妊娠していたからである。つまり法敏は金春秋と文姫との間の子ではなく、宝姫と密通の相手の子だったのだ。宝姫が密通した相手とは、法敏が後に新羅の文武王になってから明らかになる。

金春秋は親唐派で、唐国の後盾で六五四年にようやく新羅王になった。彼は六四二年に百済の義慈（ぎじ）王（武王の次の百済王）に娘を殺され、高句麗も金春秋の援助をしなかったので、積年にわたって百済と高句麗に恨みを持っていた。

新羅武烈王になった金春秋は即位するや、直ちに唐国の高宗に高句麗と百済を攻めるよう援軍を求めた。武烈王の要請を受けて、父親の太宗時代には高句麗征伐に反対していた高宗がついに半島に出兵し、六六〇年、百済を滅ぼした。しかし、すぐに百済では百済復興運動が起き、当然、高句麗も百済に荷担して新羅を攻めた。

ところが新羅将の金庾信が武烈王の命令で高句麗と戦い、高句麗勢に包囲されている最中に武烈王は謎の死を遂げた。武烈王の死を聞いた高句麗勢が兵を引いたといわれている。タイミングのよい武烈王の死には、後の推移からみて大海人皇子と金庾信が係わっていたようである。

大海人皇子こと蓋蘇文はもちろん反唐だが、金庾信と太子の法敏も密かに反唐派だったから、武烈王が没して法敏(文武王)が即位すると、新羅は次第に反唐政策を展開するようになった。後に直接、唐軍と戦うことになる。

「壬申の乱」の時、文武王は新羅勢を倭国に送り込むと同時に、大海人皇子の後盾となって、新羅を攻めた唐国軍と戦っている。国外にしても国内にしても、新羅文武王と金庾信の働きがなかったなら、大海人皇子の「壬申の乱」での勝利はあり得なかったのである（『白村江の戦いと壬申の乱』）。

ところで「新羅本紀」には、宝姫と文姫の名が出ている。女性の名を記載した例は『三国史記』にはない。それどころか近年まで朝鮮の女性は名がないと思われていたほどである。朝鮮では肉親と夫以外の人に名を知らせないのが習慣なのである。

したがって「新羅本紀」に両者の名があるのは、後に挿入されたと考えられている（鮎貝房之進『朝鮮姓氏・族制考』）。『三国史記』は一二世紀成立ということになっているが、実際に現在、私たちがみる『三国史記』は古典刊行会から出版されたものである。その元本は一五一二（正徳壬申）年に慶州で印刷された本で、それより古いものはないといわれている（末松保和『新羅の政治と社会』上）。

こうしてみると、もし宝姫・文姫の条を挿入するなら一六世紀初めまで可能だが、当時でも当然、朝鮮では女性の名は公表されることはないし、まして記録されるはずはない。

ではなぜ例外的に両者に限って、その名がみえるのか。

それは二人が外国人だったからである。

ところで法敏こと文武王はいつ生まれたのだろうか。「新羅本紀」に文武王の年齢はまったくみえないが、私は六二七年生まれと想定した。その根拠は文武王＝文武天皇の私の意見からくる。『日本皇帝系図』という一三一六年に完成したとされる天皇系図に、文武天皇は四五歳で崩じたとある。一方、「新羅本紀」に文武王は六八一年に没したとある。六八一年は日本では天武一〇年だが、私はこの年、文武王は四五歳にして新羅では死んだということにして亡命してきたと考えている（『倭王たちの七世紀』）。

文武王は六五〇（永徽元）年に入唐しているが、文武王が六八一年に四五歳なら、六五〇年は一四歳で当時としては成人と認められる年である。成人になった報告をするため入唐したとも考えられるから、文武王が六二七年生まれとするのは妥当だろう。

■新羅の「文姫」こそ額田王である

宝姫・文姫の兄といわれる金庾信は、五三二年に新羅に降伏した金官加羅国王の末裔だった。金庾信は開皇一五（五九五）年生まれとあるところからみて（『三国史記』列伝一）、宝姫・文姫は金庾信の直接の妹ではなく、妹の子の年代の一族と考える。

　加羅国は五三二年に新羅に降伏したが、真興王時代の五六二年、反乱を起こした。倭国では欽明二三年で、私見（『陰謀　大化改新』）では倭王不在の時期だった。『書紀』によると、ちょうどこの時、倭国に新羅使者が来ていたが、加羅国側の人だったらしく、帰国せずに河内国更荒郡の鸕野邑に定着したという。『新撰姓氏録』の「未定雑姓」河内国の条に「于努連　新羅皇子金庭興之後也」とあるところから、この時の新羅使者は新羅皇子の金庭興という人だったことがわかっている。

　私は天武天皇の正妃とされる鸕野皇女は、『書紀』にあるように天智天皇の娘、大田皇女の妹ではなく、出自が鸕野邑だったことから鸕野（讃良）皇女と呼ばれたと考えている。つまり鸕野皇女は金庭興の子孫と考えられる。

　金庭興自身、新羅皇子とあっても加羅が降伏すると同時に倭国に亡命しているところをみると、加羅系の新羅人であったと想定される。そう考えるなら金庾信とは近い関係にあり、金庭興は金庾信の父親世代にあたる。

金官加羅国は、任那と総称される国の中でも今の金海市を中心にした場所で、日本と距離的に近い。金官加羅国出身の金庾信としては倭国に親しみを持ちやすかったと考えられる。舒明天皇妃の斉明天皇の名は宝皇女（たからのひめみこ）である。宝姫とのつながりを感じるではないか。

私は宝姫＝鏡王、文姫＝額田王と推定している。

まず額田王だが、額田はきわめて新羅との関係が深い名である。『新撰姓氏録』（左京神別下）の額田部湯座連（ゆざむらじ）の条に、允恭（いんぎょう）天皇の時代、允恭天皇は薩摩（さつま）国の隼人（はやと）征伐に行かせたが、使者が薩摩から報告に来た時、額に「町」型のつむじのある馬を献上した。允恭天皇は喜んで使者に額田部を賜ったとある。私は允恭天皇は新羅王だったと考えている（『広開土王と「倭の五王」』）。

李寧熙氏（『もう一つの万葉集』）は、額田王は新羅系か加羅系の人だったのか、裏読みに新羅語を多用していると指摘している。

母が加羅系の人だったから、額田王は加羅系の言葉が話せたのだろう。しかし額田王等の母は鸕野皇女と同じように倭国の鸕野邑で育ったと思う。宝姫（鏡王）、文姫

【額田王の出自】

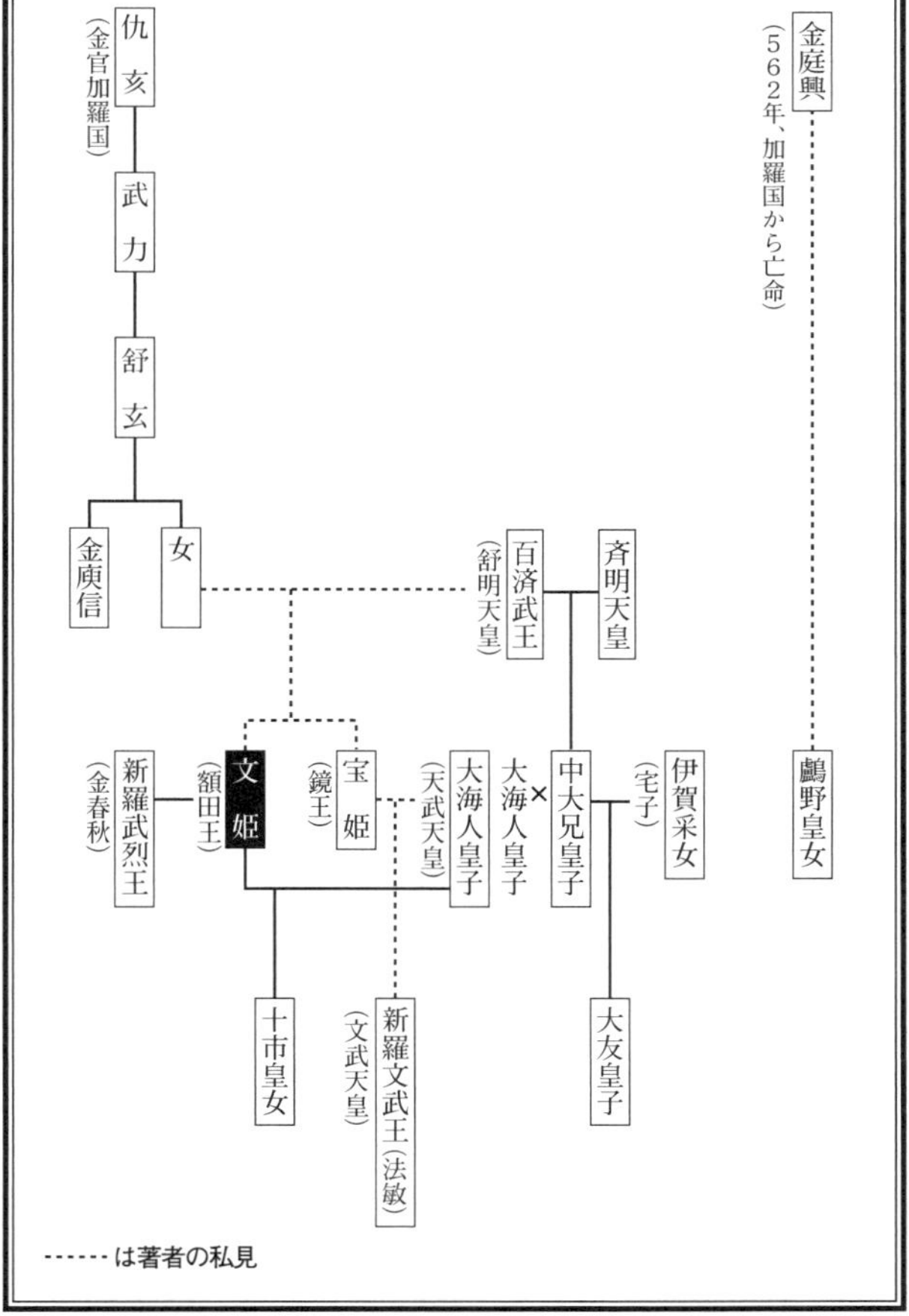

仇亥
(金官加羅国)
武力
舒玄
金庾信
女
金庭興
(562年、加羅国から亡命)
百済武王
(舒明天皇)
斉明天皇
新羅武烈王
(金春秋)
文姫
(額田王)
宝姫
(鏡王)
大海人皇子
(天武天皇)
×
大海人皇子
中大兄皇子
伊賀采女
(宅子)
鸕野皇女
十市皇女
新羅文武王(法敏)
(文武天皇)
大友皇子
------は著者の私見

（額田王）が倭国生まれ、倭国育ちなので『三国史記』は外国人あつかいにして、その名を記したのである。そこで鏡王・額田王姉妹と鸕野皇女は意外に血統的に近い関係にあったと想定される。それに対して金庾信は若い頃、新羅特有の制度である花郎（かろう）だったところからみて新羅育ちであることは間違いない。

鏡王と額田王、つまり宝姫・文姫の生まれた六二〇年代は推古天皇末期で、聖徳太子亡き後、倭国が混乱していた時期だった。この時期、百済の武王、つまり田村（たむら）皇子こと舒明天皇は倭国に滞在したり、往復したりして倭国王たらんと画策していた。この武王の倭国滞在時期に生まれたのが宝姫であり、文姫だったと私は推測している。「新羅本紀」で宝姫・文姫が金庾信の妹とされたのは、彼女等の母親が金庾信の親族であることと、両者が倭国生まれ、倭国育ちとは書けなかったからだろう。

額田王は六二〇年代後半生まれと私は考えているが、それは孫の葛野（かどの）王の年齢から推測される。娘の十市皇女の夫の大友皇子は、六七二年に二五歳で殺されたことから、六四八年生まれであることがわかっている。大友皇子と十市皇女との子、葛野王は『懐風藻（かいふうそう）』に六九六年の時点で三七歳だったとある。そうすると葛野王は六六〇年生まれで、大友皇子が一三歳の時の子になる。一三歳で女性が子を生まないとはいえないが、理由は後に述べるとして、十市皇女は大友皇子より年長だったらしい。十市皇女が葛野王を生んだ時、一五〜六歳とするなら、六四五年の「乙巳の変」直後に十市皇女が生まれたことになる。この時期、中大兄皇子が大海人皇子との連係を願って額田王を大海人皇子に与えたとする私の考えと合致する。

先に述べたように、姉の鏡王は大海人皇子と密通関係にあったようであるし、その結果法敏を生んだ。しかし鏡王は額田王のように新羅に行った様子はない。したがって鏡王の歌は『万葉集』に一首だけあるが、朝鮮語の裏読みをしていない。鏡王は倭国で生まれ、育ち、没したと思われる。二重詠(よ)みの歌がないのは、そのせいかもしれない。宝姫の「夢」は倭国での事件だったからだ。新羅の文武王（法敏）は倭国で生まれたようである。舒明天皇の墓域内に鏡王の墓があるのは、鏡王の父が舒明天皇だったからである。

ところで法敏の生まれた六三七年の前年、六三六年に百済と新羅の間で大きな変化が起きた。六〇〇年代に入っても百済と新羅は断続的に交戦していたが、六三六年の両者の戦いを最後に六四一年に百済の武王が没するまで、新羅と百済の交戦の記録がなくなったのである。つまり六三六年に百済の武王と新羅の善徳王の間で講和が成立したらしい。その講和の条件が、文姫が金春秋に嫁ぐことだったのではないか。

六三六年といえば、六二〇年代後半に生まれたと思われる文姫は一〇歳を少し超えたくらいの少女である。本命が姉の宝姫だったのだから、このくらいの年齢でも輿入れしたのだろう。時の新羅王の善徳王は女性だから、金春秋が実権を握っていた。そこで武王は宝姫を金春秋に嫁入りさせて新羅と和平しようとした。ところが宝姫はすでに密通して、妊娠していたので、文姫を代わりに春秋に嫁がせたのだろう。舒明天皇の押坂陵には、鏡王の墓はあるが額田王の墓はない。それは、額田王が一時的にしろ、新羅王妃だったからではないか。

最後に残る疑問、それは文姫＝額田王は金春秋の室になって新羅にいるはずなのに、早くから倭国にいた様子なのはどうしたことか。

金春秋（武烈王）は終生、親唐国の人で、唐国の後援を得て新羅王になった人だった。即位と同時に法敏が立太子しているのは、武烈王が新羅王になるに際して、法敏の立太子を金庾信が条件にしたからと思われる。武烈王には少なくとも法敏より年長の男子が二人いたのである。

このように、年長の金春秋と政略結婚させられた文姫こと額田王は金春秋の室としての務めを、父の武王の死をもって終わりにしたようだ。

『書紀』皇極元年条に、弟王子の翹岐（ぎょうき）が母妹の女子四人等高官四〇人余りと嶋に放たれとある。武王（舒明天皇）没後の内乱による島流しだが、翹岐とは中大兄皇子のことである。母親は後の斉明天皇で、残る妹三人のうちに斉明天皇の娘の間人（はしひと）皇女がいることは間違いない。斉明天皇・間人皇女二人の女性を除いた残る二人の女性のうち、一人が額田王だったと私は思っている。

武烈王は高句麗・百済、さらに倭国と対立する人だった。武烈王側からいえば、百済武王が没すれば、武王との和平の象徴である文姫に用はないというものである。加えて、額田王は年長の金春秋の許で大勢の妃の一人に過ぎなかったのだから、額田王の新羅での居心地は悪く、異母兄の中大兄皇子に従って、生まれ育った倭国に帰る道を選んだのではないか。

天智天皇が額田王に「春」か「秋」かと迫ったのは、大海人皇子との関係だけではなく、額田王には新羅王金春秋の妃という過去があったからではないだろうか。

■『万葉集』を裏読みできる人の条件

鏡王・額田王姉妹は倭国で成長した。宝姫＝鏡王は倭国に残り、妹の文姫＝額田王は金春秋の室として新羅に渡った。母親が新羅系だから、新羅語には困らなかったようだが、新羅語に一層の磨きがかかったのは確かだろう。両親が朝鮮系で日本で育ち、少女時代に韓国に帰国した李寧熙氏は、額田王と同じ条件の人だった。

李寧熙氏の『万葉集』関係の本を読んでから一〇年以上になる。私が朝鮮語の読み書きができないので、李寧熙氏の指摘に愕然としながらも正しいとする根拠が見いだせなかった。朝鮮語の知識がないから確証がつかめなかったのである。

しかし、額田王の前身が文姫と解明してからすべての謎が氷解した思いがした。額田王が李寧熙氏と酷似した境遇にあった人だとわかったからである。

私は今まで、天皇については大陸・朝鮮と共通することを三世紀の高句麗の東川王（とうせん）

＝神武天皇以来、解明してきた。しかし、その他の人物は百済の智籍(ちせき)＝藤原鎌足など限られた人々に過ぎないと思っていた。それは天皇だけは万世一系で、その他、渡来人は数多く列島に入ったとする日本古代史学者と対立する考えだった。今もそうである。

ただし為政者がくるなら、当然、それに付随して何百、何千人もの人が動く。宝姫と文姫にも考えが及ぶべきだった。日本の史料だけみていたから、私自身、額田王の出自に関して迷走していたのである。

額田王の歌の裏読みは、李寧熙氏と同じ境遇にある人にしか解けない、言葉のあやだったと、ようやく気がついたのである。

第二章で述べるが、額田王の父、百済武王＝舒明天皇が、吏読(イド)と万葉仮名と二通りの歌を詠(よ)んだ。もしかすると巻二・一の雄略天皇の歌も舒明天皇が筆録したのかもしれない。

父の文才を受け継いだのが額田王だった。こうしてみると、万葉仮名を吏読する技術を発案したのは舒明・額田王父娘だったと推測される。

そしてそれができるのは来日一世から二世までと私は考えている。

大海人皇子は倭国で生まれた可能性があるから除外するとして、一世は中大兄皇子、後に述べるが、柿本人麻呂と高市皇子も一世である。

二世で裏読みできた人は、今のところ私の考え得る範囲では山上憶良(やまのうえのおくら)と、天武天皇の子の大津(おおつ)皇子と弓削(ゆげ)皇子がいる。

いずれにしても、本人がたとえ朝鮮で生まれ育ったことがなく、また近親が三国の人でなくても、乳母(うば)など身近に朝鮮渡来の人がおり、才能があれば、歌の二重読みは可能だろう。

第二章　歴代天皇は朝鮮半島から渡ってきた

■吏読（イド）、郷札（ヒャンチャル）とは何か

『万葉集』は万葉仮名で書かれているが、同じことが朝鮮でも行なわれていた。漢文に朝鮮語の文法を採用して朝鮮語で表現したものを吏読（イド）という。しかし吏読の骨格部分の語辞は中国語そのままを借用しているという（金思燁（キムサヨプ）『記紀万葉の朝鮮語』）。

語辞を中国語から借用しているという吏読の音読は、『万葉集』の前期に万葉仮名を漢文の意味も含めて漢音読みしている場合が多いのと似ている。

吏読音読の後（一〇世紀）に、漢文を完全に朝鮮語で表記した郷札（ヒャンチャル）（『均如伝（きんじょでん）』）が現われた。郷札は『万葉集』でも後期の大伴家持時代あたりから、万葉仮名が完全に漢字の意味を無視して訓読みになるのに対応している。要するに時代が下るにつれ

て、生の漢字の借用から、漢文を完全に自国語読みで表記する傾向にあったのは、日本も朝鮮も同じだったということである。

万葉仮名で表記された歌を「和歌」というように、朝鮮では吏読・郷札で表記された歌を「郷歌（ヒャンガ）」という。ただし郷札で表記された歌は時代が下るので、朝鮮で『万葉集』に相対するのは、吏読で表記された『三国遺事（さんごくいじ）』にある郷歌一四首のみである。万葉仮名と吏読との共通点は単に方法論の問題だけではない。たとえば『万葉集』では「毛」「母」は「も」と発音されるが、吏読も同じである。万葉仮名で「弥」は「み」と発音されるが、吏読もそうであるという（李鐘徹『万葉と郷歌』）。

同じ中国文化圏にあることと、国が隣接しているせいで、現在に至るまで日本語と朝鮮語の間で近似している言葉の例を挙げれば、きりがないほど多いことはいうまでもない。しかも現代と違って当時は、どの国も世界中の国と交流があったわけでなく、極東アジアの倭国と半島三国は共に中国の文化圏に属していた。したがって古代において両国は為政者も含めて、現在以上に人的・文化的交流は緊密で強く、深かったことは間違いない。立場が同じで、近接した両国が歌の発想、その表現方法が酷似しているのは当然といえる。

『三国遺事』は一三世紀前半に成立したが、その中にみえる吏読で歌われた郷歌は真平王（五七九即位～六三二没）時代から、憲康王五（八七九）年にかけての三〇〇年にわたる。しかし、わずか一四首残っているに過ぎない。ただし「新羅本紀」には憲康王の妹の真聖王二（八八八）年二月条に、郷歌を収集させたとあるから、各地で郷歌は歌われていたようだが、散失したのだろう。

日本でいえば平安時代末、白河天皇の時代の一〇七五年、高麗王朝の僧侶赫連挺なる人が、新羅末の華厳宗の僧侶の伝記『均如伝』を書いている。その中に均如が作歌したという仏法賛歌の郷歌が郷札形式で一一首出ている。均如は九七三年に没した人なので一〇世紀の作であることは間違いない。

それにしても『万葉集』とほぼ時代が同じ、吏読形式の郷歌は『三国遺事』に一四首残っているのみである。その数は、四千首を超える『万葉集』と比べるといかにも少ない。

■万葉仮名を朝鮮語で読み解く

万葉仮名を古代朝鮮語で読み解くという試みは明治以後、白鳥庫吉（しらとりくらきち）や金沢庄三郎（かなざわしょうざぶろう）などの先学や民間の研究者によって熱心に続けられてきた。

しかし『万葉集』と同時代の郷歌（ヒャンガ）の数が少ないことで、最初の段階の古代朝鮮語がどのような発音だったかが復元できず、『万葉集』の歌を古代朝鮮語で解釈する前の段階で行きづまってしまった。現代でも『万葉集』を古代朝鮮語では読めないと断定する人の最大の根拠は、古代朝鮮語そのものが不明であるという理由による。

一六世紀の朝鮮語の辞書も活用したりして、『万葉集』の歌と朝鮮語の単語の共通点は多数、指摘されてきた。特に初期の『万葉集』の歌を朝鮮語で読み解く試みは何人かの研究者によって行なわれたが、定説には至らなかった。結局、残っている古代朝鮮語の事例が少な過ぎて、万葉仮名は古代朝鮮語では読めないというのが現在の学問的常識である。

現在、大学、研究所の学者間の趨勢（すうせい）は、このような結論だが、李寧熙氏が試みたように、『万葉集』を古代朝鮮語で読み解くことは可能であると私は確信している。

ただし、それには条件がある。

今まで『万葉集』を古代朝鮮語で読み解く試みをした研究者のほとんどが日本人だった。少ない郷歌と朝鮮語の辞書だけをたよりに、朝鮮語を話すことも、読み書きもろくに知らずに『万葉集』を古代朝鮮語で読み解こうとするのだから無謀というものである。

そのまた逆もいえる。朝鮮語とハングルで育った人が、さまざまな異論があって、まだ解釈に定説さえない歌がある『万葉集』を正確に解読できるわけはない。たとえテキストで読んだつもりでも、それはあくまで『万葉集』の解読の一例にしか過ぎず、すべてとはいえないのが『万葉集』なのである。

ではどのような人が読み解くことが可能なのか。『万葉集』を古代朝鮮語で読む資格のある人、それは朝鮮語を母国語とし、朝鮮語の古代からの成り立ちを熟知し、各地の方言にも通じている人でなければならない。そして、もちろん吏読（イド）にも精通していなければならない。同時に日本人と同じように、否、それ以上に日本の古代語にも通じていなければ、日本人ですら少数の人しか読めず、異論の多い万葉仮名を読み解けるはずはない。どちらか一方が外国語感覚のある人では『万葉集』を古代朝鮮語で読み解くことは不可能である。両方共に同程度に母国語である人、しかも言語学的才能と洞察力のある人でなければならない。

その条件に当てはまる稀有な存在が、両親は朝鮮人だが、幼少から少女時代にかけて日本で育ち、日本の学校に通った李寧熙氏なのである。この絶対的条件に当てはまる人は日本の「万葉」学者の中にも、現在の朝鮮人学者の中にも稀である。

確かに吏読で読める朝鮮の郷歌の数が少なく、文字で残されたものはしれている。それをどう『万葉集』とつき合わせたところで成功するはずはないのは自明の理というものである。

李寧熙氏は吏読で万葉仮名を解読するのはもちろん、現在も使われていながら、古くからある隠された朝鮮語の語彙や古い時代から伝わる方言などから、古代朝鮮語が現在の朝鮮語に至る過程には一定の法則があることを発見した。それは現在の日本語が一定の法則をもって、古代日本語から現在に至っているのと同じである。李寧熙氏は少ない郷歌の文字記録によるのではなく、言葉そのものから古代朝鮮語を復元したのである。そして『万葉集』の歌の古代日本語の中にひそんでいる古代朝鮮語を見極めたのである。

もちろん、一定の法則といっても、言葉は厳密に文法通りに推移して現在に至るわけではない。おおまかな言葉の変化の過程を一定の法則というのである。

この方法により、古代朝鮮語で、ある程度『万葉集』を読み解き、逆に万葉仮名の読み方から古代朝鮮語を推測することもできる。

また政治的内容を秘めた歌の場合、その政治的動きを正しく把握しているなら、朝鮮語で裏読みされた歌の内容から、その歌の真意が浮かび上がってくることもある。

ただし言葉は一定の法則によって推移するといっても、かなりな幅を持つから、解釈に違いが出る場合があるし、同じ語、発音の字でも、その場の条件によって意味が違ってくる場合があることも認識していなければならない。それを判別するのは語学力だけでは足りない。推理力と洞察力が必須の条件になる。

■百済・武王の物語と舒明天皇の近接点

『万葉集』を朝鮮語で読み解く前に、『万葉集』前期の七世紀後半につながる重要な意味を持つ郷歌の事例について述べたい。

最初の郷歌は真平王時代の五七九年から六三一年までに歌われた「薯童(マトン)の歌」である。

『三国遺事』(巻二・武王)に次のような話がみえる。

百済三三代の王は武王といい、名は璋(しょう)である。母は寡婦(かふ)で都の南にある池のほとりに住んでいたが、ある時、池の龍と通じて璋を生んだ。璋は薯(いも)を掘って売り、生計を立てていたことから幼名を薯童といわれていた。

ある日、薯童は新羅の真平王の第三王女の善花(ソンファ)が美しいという噂を聞き、僧侶の姿になって都にやってきた。そこで薯を子供たちに分け与え、次のような歌を歌わせたという。

「善花公主(こうしゅ)はそっと嫁入りされて、夜は薯童の部屋で抱き合って去る」

童謡は都中に広まって騒ぎになり、善花は遠方に流罪に処せられることになった。

善花が出発する時、母の王后は金一斗を与えた。善花が配所に行く途中、薯童が現われて護衛をしたいと申し入れた。善花は薯童を知らなかったが、なぜか薯童を信じ、申し入れを喜んで受け入れて随行させた。そのうち二人の心が通じ合い、善花は歌の主が薯童だったことを知った。

そこで善花は母に貰った金を取り出し、二人で百済に行って生活しようと申し出た。薯童はその金をみて大笑いし、そのようなものなら、私が薯を掘っている場所に泥土のように積んであるといった。善花は大いに驚き、その金を親の真平王の元に送りたいといった。二人は龍花山（益山の弥勒山）の僧侶に頼んで、念力で一夜のうちに金を新羅の王宮に運んでもらった。真平王はこのことから薯童を尊敬し、常に安否を問うようになった。真平王が薯童を尊敬したことから人望を得て、薯童はついに百済の武王になったという物語である。

この薯童が子供に歌わせたという右の童謡が、最初の吏読による郷歌の記録である。

「百済本紀」によると、武王は法王の子とある。遊牧民族の王たる突厥可汗の達頭

（後の聖徳太子）が高句麗を通って百済に留まった時、法王として名を残した。達頭は武王と父子としての契りを結び、武王の資質を見込んで百済王に任じて、自らは倭国に渡ったと私はみている（『聖徳太子の正体』および『陰謀　大化改新』）。実際、聖徳太子の推古天皇時代は百済との関係は良かったが、新羅とは交戦状態にあった。

『三国遺事』からみると、薯童、つまり武王の父親は龍で、法王と何の関係もない人である。また武王の妃は新羅真平王の娘善花のはずだが、「百済本紀」は武王の妃についでは一言もない。

当然ながら、正史の『三国史記』は政治的配慮により、王統に関しては特に隠蔽しているる部分が多く、『三国遺事』は裏面史を記録しているようだ。

『日本書紀』の天皇には朝鮮の王が投影されている

私は武王を『書紀』に舒明天皇として投影されている人物と考えている（『陰謀　大化改新』および『二つの顔の大王』）。『書紀』には舒明天皇は敏達天皇の孫だったとある。武王すなわち舒明天皇の血統的連係を見てみたい。

『三国遺事』のように薯童を龍の子とするのは、薯童が正統な王系の人ではないという証拠である。しかし薯童が百済王になるには、父方にしても、母方にしても、何らかの確かな百済王としての血統にいなければ、いくら達頭の後援があったにしても、内乱もなく、すんなり百済王にはなれない。「百済本紀」では武王は法王の子だが、法王は私の考えでは達頭である。したがって、武王は法王の子ではない。

武王の血統に関してはこれ以上、朝鮮の史料からは何もでてこない。そこで、私の意見では武王は舒明天皇なのだから、『書紀』にみえる舒明天皇の系譜をみることにしよう。

それによると、舒明天皇は敏達天皇の子の押坂彦人大兄（おしさかひこひとのおおえ）の子、つまり敏達天皇の孫にあたる。ただし、押坂彦人大兄は敏達四年正月条に敏達天皇の子として名があり、次いで敏達五年三月条に敏達天皇と推古天皇の間の娘、小墾田皇女（おはりだのひめみこ）が押坂彦人大兄に嫁したとあり、さらには用明天皇二年条に物部守屋（もののべのもりや）側の中臣勝海（なかとみのかつみ）が太子の彦人皇子の像を作って呪ったとあるのみで、押坂彦人大兄自身の行動はまったく記載されていない。このことから押坂彦人大兄とは、達頭こと聖徳太子が倭国に来る前から、倭国に政治的影響を及ぼしていたことを暗示するために『書紀』が捏造した架空の人物と私は推測した（『陰謀　大化改新』）。

どうやらそれだけではなく、舒明天皇が皇統に属する人物だったことを証明するために押坂彦人大兄なる架空の人物が必要だったのだ。結局、舒明天皇の父は日本の史料からみても不明である。

では舒明天皇の母方はどうか。

舒明天皇の陵と同じ押坂内陵に大伴皇女の墓がある（『延喜式』巻二一諸陵寮）。『書紀』によれば、大伴皇女は六世紀中葉の人で、欽明天皇と蘇我稲目の娘、堅塩媛との間の娘である。舒明天皇の母は敏達天皇の娘の糠手姫（田村）皇女とあるから、一応、大伴皇女は舒明天皇の母ではないはずだ。もちろん欽明天皇は六世紀半ばに没しているから、その娘の大伴皇女が六二九年に倭王になった舒明天皇の妃ではあり得ない。

しかし舒明天皇と同じ陵に埋葬されているからには、母親か妃以外に考えられない。『記紀』の皇統譜では関係のないはずの舒明天皇の陵に、なぜ欽明天皇の娘の大

『日本書記』の天皇には誰が投影されているのか

雄略天皇＝百済・昆支(こんき)

敏達天皇＝高句麗・威徳(いとく)王

欽明天皇＝百済・聖明(せいめい)王

舒明天皇＝百済・武王

孝徳天皇＝高句麗・太陽王＝百済・義慈(ぎじ)王

天智天皇＝百済王子・翹岐(ぎょうき)（武王＝舒明天皇の子）

天武天皇＝高句麗将・蓋蘇文(がいそぶん)

文武天皇＝新羅・文武王

「五行」が表すもの

五行	五徳	正色	星	方位	四神	四季	五官
木	仁	青	歳星（木星）	東	青龍	春	目
火	礼	赤	熒惑星（火星）	南	朱雀	夏	舌
土	信	黄	塡星（土星）	中央			唇
金	義	白	太白星（金星）	西	白虎	秋	鼻
水	智	黒	辰星（水星）	北	玄武	冬	耳

伴皇女が埋葬されているのか。不思議ではないか。
『書紀』の敏達天皇五年三月条に、敏達天皇と推古天皇の間の娘、田眼（ため）皇女が舒明天皇の妃になったとある。この舒明天皇の妃になった田眼皇女が田村皇女と混同されたのではないだろうか。糠手姫皇女は一名田村皇女ともいうが、田村皇女は糠手姫皇女のセカンド・ネームであり、正式には糠手姫皇女という。舒明天皇の皇子名も田村である。舒明天皇の皇子名の田村から、母の田村皇女が発想されたとも考えられる。

舒明天皇の妃の田眼皇女は敏達五年条にみえるのみで、その後は記載がない。田眼皇女は敏達天皇と推古天皇の間の子だから、血統としては申し分なく正妃の資格がある。しかし『書紀』によれば、皇后は宝皇女（たからのひめみこ）ただ一人である。『書紀』は本来、舒明天皇の正妃だった田眼皇女の地位を、後に皇后になった宝皇女（後の斉明天皇）に配慮して消してしまったのだろう。

そして『書紀』では、故意か偶然か、田眼皇女と田村皇女を混同して舒明天皇の母としたと推測される。結論として、現に舒明陵に埋葬されたとされる大伴皇女こそ、舒明天皇の母だったと私は想定する。

私の考えでは百済の聖明王は『書紀』の欽明天皇に投影している。それは百済の武王が舒明天皇に投影しているのと同じである。そして当然ながら、欽明天皇は聖明王が新羅兵に殺された五五四年に没した。『書紀』では、この後も続く欽明朝とは蘇我稲目の独裁政権時代だったのである（『二つの顔の大王』）。

「百済本紀」によると、聖明王の次の威徳王は聖明王の長子ではなく、元子とあって血統の断絶を暗示している。そして威徳王こそ、欽明天皇の次の高句麗系の敏達天皇なのである（『二つの顔の大王』）。百済では聖明王から威徳王に王位が交代した時、王統の断絶があったのである。

『三国遺事』にはおもしろおかしく説話風になっているが、池のほとりに住んでいた寡婦とは聖明王の娘で、王位が高句麗系の威徳王に移ったため、都の郊外に逼塞して住んでいたのではないだろうか。そうすると寡婦は『書紀』でいうなら、欽明天皇の娘の大伴皇女ということになる。薯童が単なる薯掘りではない証拠に多大な金を持っていた。薯童の母親が聖明王の娘だったから、このような大金を持っていたのではないか。

突厥の達頭も、武王が百済王の血脈の人だから、百済人も武王が王位に就くのを納得すると考えたのだろう。

郷歌を歌った薯童が武王なら、私の考えからいえば、『万葉集』の舒明天皇の歌も、薯童が歌った郷歌も同一人の作ということになる。武王＝舒明天皇は百済語と倭語の両方に、よほど通じていた人なのだろう。このあたりに武王の父方の出自が隠されているようだが、今のところ不明である。

ただし母親が聖明王＝欽明の娘なら、血統的に薯童は百済王になる資格はあるといえよう。そして薯童が新羅真平王の娘と結婚すれば、真平王は薯童が百済王になるのを邪魔するわけにはいかない。その意図を持って薯童こと武王は『三国遺事』の記述通りではないにしても、何らかの画策をして新羅王女の善花を妃に迎えたのだろう。

倭国側からいえば、田村皇子（舒明天皇）は母方が欽明天皇の血脈にある人だからこそ、推古天皇没後、倭王として名乗りでられたのであり、その資格もあると考えられたのである。

さらに武王こと舒明天皇は倭王への足がかりを求めて、推古天皇時代のある時期、推古天皇の娘の田眼皇女と結婚したのだろう。このように舒明天皇に百済王の血脈があるならば、当然、百済の王族昆支、つまり私の考える雄略天皇につながる。『万葉集』では雄略天皇の歌に続いて舒明天皇の歌があり、両者の歌に酷似したのがあるのは、百済王族の昆支＝雄略が武王＝舒明と血統的につながるという根拠によるのではないだろうか。雄略天皇については後に詳述する。

『三国遺事』に記された、聖徳太子の新羅征伐

二番目に古い郷歌は融天師彗星歌である。『三国遺事』（巻五）に次のようにみえる。

真平王時代のある時、三人の花郎（新羅軍団の中心になる美しい少年）が楓岳（金剛山）に遊びに行こうとした時、彗星が心大星（二八宿の中心にある星、政治的にいえば新羅王）の近くに現われた。彗星は讖緯説（政治的予言）でいえば不吉な外敵の侵入を意味する。

そこで花郎たちは山に行くのを中止しようとした。その時、融天師という人が歌を

作って歌うと怪しげな星は消え、日本兵は国に還った。新羅王は大いに喜び、花郎たちを楓岳に遊びにやらせた。その歌とは次のようだった。

東辺の昔の渡し場、乾達婆(けんだちば)の遊びし城を望む
(ここはかつて)倭軍攻めくるとて烽(のろし)をあげし国境なり
三人の花郎、名山に遊ばんとするを聞き
月の船も急ぎ行くとき
(そを)彗星なりと申せし人あり
ああ、とどろとどろに飛び去りぬ
友よ　怪しき彗星のごとき、いかであらむや

吏読で表記され、ハングルに訳され、さらに日本文にした歌だから、完全に理解したとはいえないが、次のような意味である。ある日、三人の花郎が山に遊びに行こうとした時、彗星、つまり倭軍が侵略するといった人がいた。ところが突然、彗星は消

え去ってしまった。それは結局、彗星ではなかったらしいというのである。

新羅に倭軍が攻めるという噂があったが、攻めてはこなかったというのが歌の真意らしい。しかし「新羅本紀」には真平王時代、倭軍が侵略する噂があったとは一言もない。

ただし六〇二年八月に新羅と武王の百済が戦ったが、両者犠牲者を出して痛みわけになったことが「百済本紀」と「新羅本紀」の両方に出ている。

六〇二年は『書紀』でいえば推古一〇年で、この年二月、聖徳太子の弟の来目皇子（くめ）が新羅征伐の将軍に任じられ、四月に筑紫に行って軍備を整えていた。六月には前年三月から高句麗と百済に行っていた大伴連囓（むらじくい）と坂本臣糠手らが百済から帰国した。おそらく彼らは高句麗と百済に対新羅戦を促す使者として出かけていたのだろう。しかし来目皇子は病になり、新羅征討は中止されたとある。

百済と新羅が戦った六〇二年は倭国も新羅遠征を計画していたのだ。そして来目皇子の病気のため、新羅征伐は中止になった。融天師彗星歌に倭軍が侵攻しそうにみえて、そうではなかったとあるのは、『書紀』の来目皇子の病により新羅征伐が中止になったという記録と一致している。『書紀』と『三国遺事』の記述の恐るべき一致に舌を巻く他はない。

これまで述べたように『三国遺事』によると、新羅の真平王は娘を百済の武王と結婚させ、百済と和解したようにみえる。しかし真平王と武王は和解しても、倭国にいる達頭は新羅侵攻を計画していた。それは『三国遺事』の融天師彗星歌によって、新羅が倭軍の侵攻を恐れていたことによってもうかがえる。新羅が恐れていたのは達頭が派遣する倭国勢であり、百済軍ではなかった。達頭は自分が百済王に任命した武王をして新羅を攻めさせたのである。このことは「新羅本紀」「百済本紀」の両方に、百済側が先に新羅を攻めたとあることからわかる。

なぜ達頭は新羅を攻めようとしたのか。

突厥可汗の達頭は隋と対立し、高句麗と共闘して隋を東西から挟撃しようとした。ところが煬帝の作戦にはまって、戦いに敗れ、高句麗から百済を経て倭国に亡命することになった。新羅は高句麗と百済にはさまれていたうえ、高句麗に比べれば後発の小国だったために、隋代以後、特に顕著に中国側に与した。倭国に来た達頭にとって隋側の新羅は目前の敵だったのである。

達頭は倭国を占拠して蘇我氏を服属させ、倭王として君臨したが、いつまでも東辺の倭王として納まるつもりはなかった。突厥の大可汗である彼は常に大陸への起死回生を狙っていたのである。それにはまず隋側の新羅を服従させる必要があったのだ。

郷歌に話を戻すと、武王は六〇〇年に百済王になっているから、それまでに薯童の郷歌ができていたとみていい。そうすると記録上からみた郷歌の発生は六世紀末とみてよいだろう。

倭国でいえば推古天皇時代である。『万葉集』の四世紀末の応神天皇皇后の歌は除外して、多少、信じられる歌は五世紀後半の雄略天皇の歌である。この歌も歌ったのは雄略天皇本人だとしても、記録したのは後世の人だった可能性が強い。おそらく口承が記録されるようになったのは、六〇〇年代に入ってからではないだろうか。つまり倭国で歌われた歌も、朝鮮で歌われた郷歌も、ほぼ六〇〇年代になって記録する萌芽がみえ始め、七世紀中頃から後半にかけて本格的に口承された歌が万葉仮名、郷歌という形の記録文学として確立したと推測される。

こうしてみると、郷歌・万葉歌の最初の鍵を握る人物は武王こと舒明天皇だったのである。

第三章　「天皇暗殺」と額田王

■「秋の野の…」は「避難勧告」の歌

額田王の歌は巻一と巻二に集約され、時代も六五九年から天智天皇崩までが最も多い。六七二年の「壬申の乱」以後の天武朝時代では額田王作と確証される歌はない。この間には空白があって、六九〇年代の持統朝時代に弓削(ゆげ)皇子と交わした贈答歌が額田王の最後の歌である。額田王は年齢的にいっても、この後、いくばくもなく没したと思われる。

額田王の最初の歌（巻一―七）は次の通りである。

額田王(ぬかだのおほきみ)の歌未だ詳(つばひ)らかならず

7秋の野(の)のみ草(くさ)刈り葺(ふ)き宿(やど)れりし宇治(うぢ)の京(みやこ)の假廬(かりいほ)し思ほゆ

右、山上憶良大夫の類聚歌林を検ふるに曰はく、一書に戊申の年比良の宮に幸すときの大御歌といへり。ただし、紀に曰はく、五年春正月己卯の朔の辛巳、天皇、紀の温湯より至ります。三月戊寅の朔、天皇吉野の宮に幸して肆宴す。庚辰の日、天皇近江の平の浦に幸すといへり。

額田王歌未レ詳

金野乃　美草苅葺　屋杼礼里之　兎道乃宮子能　借五百磯所念

右、検二山上憶良大夫類聚歌林一曰、一書戊申年幸二比良宮一大御歌。但、紀曰、五年春正月己卯朔辛巳、天皇、至レ自二紀温湯一。三月戊寅朔、天皇幸二吉野宮一而肆宴焉。庚辰之日、天皇幸二近江之平浦一。

歌の内容は表からみれば、「秋の野の茅を刈り、屋根を葺いて旅寝をした宇治の都の仮の庵がなつかしい」と実に素直な歌にみえる。

しかし李寧熙氏（『もう一つの万葉集』）の解釈によると、次のようになる。

「徐伐は鉄磨く　締め苦しむことなかれ　上の都は刀来るぞよ　陣地固めよ」

これを李寧熙氏は、「新羅（徐伐）は刀を磨いて戦いに備えている。圧迫（締め苦しめ）しないといいのに。吾がお上（兎道）の百済の都は敵が襲ってくるから陣地をお固めなされ」と意訳している。

『万葉集』の古注では、山上憶良の『類聚歌林』にいうとして、戊申（六四八）年、宇治ではなく、近江の比良宮（滋賀県滋賀郡、西に比良山、東に琵琶湖を望む地）に、天皇が行った時の歌とある。この時代の天皇は孝徳天皇である。さらに古注者は『書紀』に、斉明天皇五（六五九）年三月、天皇が近江の平浦（比良宮と同じ）に行ったとあることを指摘している。

山上憶良も『万葉集』の古注者も、孝徳・斉明どちらにしても実際に天皇が行った場所は、額田王が歌う京都の宇治ではなく、近江の比良宮と考えていたらしい。

額田王の歌では万葉仮名で宇治を「兎道」と表記している。「兎道」を李寧熙氏は「ウチ」と読み、朝鮮語では「お上」を意味しているという。額田王は比良宮を「兎道乃宮子」と表記して「お上の都」つまり中大兄皇子のいる場所、近江京を暗示したかったようだ。そのあたりのことを山上憶良も『万葉集』の注釈者も心得ており、「兎道」を宇治という場所として解読しながら、歴史的事実からみて、実際に天皇が行った場所は近江の比良宮と考えていたようだ。

時代に関しては山上憶良と古注者の意見が分かれているが、私は古注者の説を採り、斉明天皇時代の六五九年、斉明天皇が平浦に行った時のことを額田王が回想の形で歌った歌と思う。

あるいは、孝徳天皇時代を回想する形式で、額田王が斉明天皇が平浦に避難するよう勧めた歌だったかもしれない。回想とは、六五九年から一一年前の、山上憶良のいう六四八年のことである。この時の天皇は孝徳天皇だが、事実、近江に行った可能性がある。

孝徳天皇時代の六四八年は唐国が高句麗を攻めた年、斉明天皇時代の六五九年は唐国によって百済が滅亡させられる前年で、ともに高句麗・百済・倭国が危機的状態に陥った年である。つまり天皇が近江に避難してもおかしくない年だったのである。

倭国に累が及ぶほどの国際紛争とは、六四二年一〇月、高句麗将蓋蘇文（後の大海人皇子）が親唐派の高句麗王栄留王を弑殺したことに始まる。蓋蘇文は栄留王を殺すと、自分の思いのままになる前高句麗王の子である太陽王（高句麗王になったことはないが、百済王になったせいか、王という）の息子の宝蔵王を唐国の承認なく高句麗王に擁立したのである。

続いて蓋蘇文は親唐国の新羅を攻めたので、唐国二代の太宗は蓋蘇文に、再び新羅を攻めるようなら唐国が高句麗に遠征すると威嚇した。太宗にすれば、高句麗攻めが命取りになって滅んだ隋の先例があるので、なるべくならば高句麗遠征は自重したいところだったのだが、蓋蘇文の出現で、そうはいかなくなりつつあった。

六四四年一〇月に唐国が認知していた倭国の山背王朝を、蓋蘇文、つまり大海人皇子と亡命百済王子の中大兄皇子等が滅ぼすに及んで、太宗の堪忍袋の緒が切れた。太宗はただちに翌年から高句麗遠征を実行に移すことにした。しかし中国にとって高句麗は鬼門で、隋時代と同じように唐国勢ははかばかしい戦果を挙げられず、第一次対高句麗戦は膠着した。

この年、六四五年は日本では「大化の改新」の年で、蘇我蝦夷・入鹿父子が滅ぼされ、大海人皇子は倭国勢を対唐国戦に投入したのである。一方、翌六四六年、蓋蘇文自ら唐国に謝罪に赴いたので、唐国は一度は高句麗と和解した。しかし帰国した蓋蘇文は唐国との約束を反故にして、盛んに新羅を攻めたので、太宗は翌六四七年にも高句麗遠征を行なったが、さして効果はなかった。

この時までに蓋蘇文と高句麗の太陽王は、武王亡き後の百済の内紛に介入して、太陽王は百済王になっていた。それが百済の義慈王である。義慈王は倭国に来て、『書紀』に孝徳天皇として名を留めた。こうして新羅を除いた高句麗・百済・倭国は蓋蘇文と太陽王の思いのままになったのである（『陰謀　大化改新』）。

一次・二次の高句麗遠征は、はかばかしい戦果が得られなかった。そのため太宗はついに翌六四八年一月、大々的に第三次、太宗最後の高句麗征伐に乗り出す。そこで新羅を除く高句麗と百済、そして倭国は危機的状態に陥った。

この年が山上憶良が、天皇が近江の比良宮に行ったとする六四八年である。『書紀』でいえば、六四八年は孝徳天皇の大化四年だが、『書紀』には正月、天皇が難波碕宮に行ったとある。百済の義慈王でもある孝徳天皇は何度も倭国に来ていたようだが、この時も唐国が高句麗を攻めるという情報をつかんで、難波に避難したのかもしれない。『書紀』の同年、是歳条に初めて新潟と信濃の民を集めて磐船柵（新潟県村上市岩船　柵は木の柵を巡らせた防御施設）を作り、蝦夷に備えたとある。おそらく唐国勢が中国東北部から日本海側に上陸した場合の防御施設だったのだろう。このような情勢だったから、孝徳天皇が難波から、さらに近江の比良宮に避難した可能性は否定できない。

『万葉集』の古注者は、『書紀』により額田王の歌を六五九（斉明五）年作とも考えているようだ。翌六六〇年、百済は唐国に滅ぼされた。このように六四八年も六五九年も、倭国が唐国の侵攻に脅えた年だが、私は額田王の歌を斉明朝の六五九年の作と想定する。その理由は李寧熙氏の意訳に新羅が百済を攻めるとあるからだ。孝徳天皇時代の六四八年には、前年の六四七（大化三）年に、唐国からの帰途の新羅金春秋が来日している。六四八年にも新羅が朝貢してきたと『書紀』にある。国際政治家ともいうべき高向玄理の尽力によって、一時期ではあるが、新羅との関係はよかった。少なくとも、六四八年は新羅が百済を攻める状態ではなかったのである。

しかし六五九（斉明五）年は違う。当時、すでに金春秋が新羅王になっていた。金春秋は額田王の前夫の武烈王である。武烈王はこの年、つまり六五九年四月に唐国に対高句麗・百済戦への援兵を請い、翌六六〇年、唐国はすでに高宗の時代だったが、武烈王の要請に応じて山東半島から海路、半島に出兵した。

中央アジアへも何度も遠征した名将蘇定方が速戦即決の戦略で、一挙に百済を滅ぼし、義慈王他を捕虜にして唐国に凱旋した。唐国は従来のように高句麗攻めに固執せず、高句麗と連合する百済を先に滅ぼして、高句麗を孤立させ、六六八年の高句麗滅亡の布石を敷いたのである。したがって、この時の額田王の歌にいう新羅とは、唐国と連合する武烈王の新羅をいう。

もと武烈王妃だった額田王は、唐国の後援によって、新羅が百済を攻めるという危機を表立っていうわけにはいかない。そこで裏読みをして、中大兄皇子に百済が唐国＝新羅連合によって、危機的状態にあることを伝えた歌と推測される。百済が攻められれば当然、倭国に累が及ぶ。『書紀』の記載通り、同年三月、斉明天皇はおそらく額田王等の忠告を受けて近江の平浦に避難したのだろう。

■「熟田津に…」に込められた「白村江」前夜の心境

次に額田王が歌ったと考えられているのは「白村江の戦い」前夜の歌である。古注には斉明天皇作としているが、その前の「秋の野の」（巻一―七）に続いている歌であることや、斉明天皇の歌がこの歌以外『万葉集』にないことから、斉明天皇が額田王に代作させたというのが一般的通念だが、妥当と思われる。

8 熟田津に船乗りせむと月待てば潮もかなひぬ今は漕ぎ出でな

額田王の歌

右、山上憶良大夫の類聚歌林を検ふるに曰はく、飛鳥岡本宮に天の下知らしめしし天皇の元年己丑、九年丁酉の十二月己巳の朔の壬午、天皇大后、伊豫の湯の宮に幸す。後岡本宮に天の下知らしめしし天皇の七年辛酉の春正月丁酉の朔の壬寅、御船西征して始めて海路に就く。庚戌、御船、伊豫の熟田津の石湯の行宮に泊つ。天皇、昔日より猶ほし存れる物を御覧し、當時忽感愛の情を起す。所以に歌詠を製りて哀傷したまふといへり。すなはちこの歌は天皇の御製（おほみうた）そ。ただし、額田王の歌は別に四首あり。

額田王歌

熟田津尓　船乗世武登　月待者　潮毛可奈比沼　今者許藝乞菜

右、検㆓山上憶良大夫類聚歌林㆒曰、飛鳥岡本宮御宇天皇元年己丑、九年丁酉十二月己巳朔壬午、天皇大后、幸㆓于伊豫湯宮㆒。後岡本宮馭宇天皇七年辛酉春正月丁酉朔壬寅、御船西征始就㆓于海路㆒。庚戌、御船泊㆓于伊豫熟田津石湯行宮㆒。天皇、御覧㆓昔日猶存之物㆒。當時忽起㆓感愛之情㆒。所以因製㆓歌詠㆒為㆓之哀傷㆒也。即此歌者天皇御製焉。但、額田王歌者別有㆓四首㆒。

表の意味は「（伊予の）熟田津から（百済復興に向けて）船出しようと月を待っていたが、潮もちょうど、よくなった。さあ今、漕ぎ出そう」と戦意を奮い立たせる歌である。

斉明七（六六一）年一月から、斉明天皇・中大兄皇子・大海人皇子は揃って、前年に滅ぼされた百済復興のために西征の途についた。一月一四日には伊予の石湯（道後温泉）の行宮に着いた。熟田津はその地にある港をいう。

李寧熙氏（『枕詞の秘密』）によると、この歌の意味は次のようになるという。

「熟田津介」（ニギタシニ）は古代朝鮮語で「誰（ニギ）のせい（タシ）だろう」。次の「船乗世武登」（ベタセモドゥ）は「船に乗ろう」で万葉仮名と同じ意味だが、「武登」は「モドゥ」と発音し、「皆」「全部」の意味になるという。

「月待者」（ドングルデシャ）は「まんまる」の意味で、「廻される」あるいは「なだめられる」と解され、続く「潮毛」は「シボド」と発音され、「嫌々ながら」という意味であるという。「可奈比沼」（ガナビネ）の沼は「ネ」と発音し、全体で「行くとみえる」という意味になるという。以下の「今者許藝乞菜」（イシェシャオギギナムセ）は「今は漕ぎ出そうではないか」で万葉仮名と同意語であるという。

李寧熙氏の訳を総括すると、「誰のせいだろう。船に乗ろうよ。皆の者、なだめられ、嫌々ながらも行くとみえる。今こそ、漕ぎ出そうではないか」になり、表の意味とは反対に嫌々ながら従う人物がいることがわかる。

この李寧熙氏の歌の解釈によって、『万葉集』の古注者がこの歌を斉明天皇作とした理由が解ける。

中大兄皇子が百済復興に命すら賭けようとしていたことは間違いない。大海人皇子も、百済を滅ぼした唐国が次に狙うのは高句麗であることは火を見るより明らかなので、何としても百済復興に賭けるしかない。山背王朝を滅ぼして以来、両者の利害がこれほどに一致したことはなかった。

しかし、ここに百済再興の出兵に消極的な人間が一人いた。斉明天皇である。

斉明天皇は舒明天皇の皇后だったが、その前に高向王(たかむくおう)と結婚して漢皇子(あやのみこ)を生んだと『書紀』(斉明紀)にみえる。私はこの高向王を当時の国際政治家高向玄理と推測した(『白村江の戦いと壬申の乱』)。玄理は長年、唐国に滞在し、国際的視野を持っていた人だったから、倭国が唐国と対立することに終始反対だった。唐国からの帰途にあった金春秋時代の新羅武烈王を倭国に招聘(しょうへい)したのも高向玄理だった。孝徳天皇時代の六四八年、唐国の高句麗遠征による倭国危機は、高向玄理の政治手腕によって回避されたといっても過言ではないのである。

ところが高句麗の蓋蘇文こと大海人皇子と中大兄皇子は、白雉五（六五四）年二月、玄理を遣唐押使として唐国に送った。表向きは遣唐大使としての入唐だが、実質的な追放だった。この年、六五四年は金春秋が新羅王になったから、武烈王即位の責任を玄理に負わせて唐国に追放したことも考えられる。『書紀』は玄理と共に入唐した遣唐使らは迎えの船便がなかったので、それぞれ悲惨な目にあって帰国できなかった者も多かったと記述している。

百済復興の名目で倭国が半島に出兵すれば、唐国は倭国使者玄理が役に立たない追放者であることを知り、どのような処遇をするかわからない。そこで斉明天皇は半島への出兵には消極的、というより反対しただろう。実際、玄理は「白村江の戦い」の頃、唐国で監禁され、没したようである。李寧熙氏の歌の解釈は、斉明天皇が息子の中大兄皇子に請われて不承不承、従わざるを得なかった内情を証明しているのだ。

この歌が斉明天皇の歌とされた理由は、額田王が斉明天皇の意を裏読みしているからだった。斉明天皇が大和に残っていると、密かに新羅武烈王と結んで唐国と和平するのではないか——それを恐れた大海人皇子等が、強引に斉明天皇を連れ出した可能性もあると私は思っている。

こうして六六一年一月中頃、伊予を出発した斉明天皇の一行は娜大津（金海市周辺か）に行った。しかし斉明天皇は三月二五日、娜大津から筑前の磐瀬行宮に帰った。さらに四月頃、朝倉宮（朝倉橘広庭宮。福岡県朝倉市）に遷居した。

斉明天皇暗殺

斉明天皇が帰国した同六六一年の六月には新羅武烈王が謎の死を遂げ、翌七月二四日に斉明天皇が朝倉宮で没した。当時から斉明天皇の死には疑惑がつきまとっていたらしく、『書紀』は犯人を暗示する異貌の人物を登場させている。

斉明元年五月条に「空中に龍に乗った者がいた。顔形は唐人に似ていた。青い油の笠をかぶり、葛城山から生駒山に駆け抜けて姿を消した。午（正午前後）の時に住吉の松嶺の上より西に向かって馳せ去った」とある。

五行思想でいうと、大海人皇子は木徳の人であり、青、龍によって表意される。また、この条には大海人皇子の木、松もある。唐人のような顔とあるが、唐人とは中国本来の漢人という意味ではないと思う。当時の日本人からみて異邦人のような顔だったといわんとしているのだ。蓋蘇文が髭がちで立派な容貌をしていたという中国の史料からみて、大海人皇子は当時の人々からみても日本人離れのした容貌の持主だったことが想像される。

このような「斉明紀」の記述は、当時、斉明天皇の死に大海人皇子が係わっていると人々が考えていたことを暗示していると私は思っている（『白村江の戦いと壬申の乱』）。

当面の敵、新羅の武烈王と半島への出兵に消極的な斉明天皇の相次ぐ死は、大海人皇子にとって願ってもない好機だったことに間違いない。しかし大海人皇子は斉明天皇暗殺の指令を出したかもしれないが、当時、半島で唐国と戦っていたのだから直接、手を下したわけでないことも確かである。

斉明天皇はトリカブトにより毒殺された可能性があるところからみて、そば近く仕える女性が犯人と思われる（『白虎と青龍』）。この条件に当てはまる人物を検討していくと、やはり額田王になるのである。額田王の歌からみて、額田王がこの頃も斉明天皇と行動を共にしていたことは間違いない。額田王は新羅というより、唐国に迎合して百済を攻めようとする武烈王を恐れていたことは先の歌からみて明らかである。

親唐国派の新羅武烈王と対唐国戦に消極的な斉明天皇が没したなら、武烈王の子とはいえ、実質的には大海人皇子と鏡王との間の子の法敏が新羅王になる可能性は強い。そうなれば新羅が積極的に倭国を攻めるはずはない。事実、新羅王になった法敏こと文武王は六六三年の「白村江の戦い」では積極的に唐国側として戦わなかったことが唐国の知るところとなった。

次いで六七二年の「壬申の乱」では文武王の新羅は大海人皇子側として倭国に出兵したらしい。さらに「壬申の乱」時の新羅の倭国救援を理由に、新羅に侵攻した唐軍と直接、対戦するようになった。その頃、金庾信が没し、内外の圧力に耐えかねた文武王は倭国に亡命せざるを得なくなるのである。

このように、大海人皇子と緊密に連係している文武王が新羅王になることによって、本来、親唐派の新羅に攻められる心配をすることなく、倭国の大海人皇子と中大兄皇子は全力を挙げて百済復興のための対唐国戦に集中することができるはずだった。

大海人・中大兄皇子が勝利し、唐国が半島から撤退したなら、大海人皇子の高句麗は安泰だし、中大兄皇子は父親の舒明天皇、あるいは孝徳天皇のように、百済王と倭王を兼任することができるはずだった。事実、親唐国派の武烈王と斉明天皇の両者が相次いで没すると、新羅では大海人側の法敏が即位して新羅文武王になった。

『書紀』にはみえないが、対唐国戦を前にして、中大兄皇子は斉明天皇と共に九州に帰国したらしい。彼は当然、百済王として百済復興に乗り出したのだし、母親の斉明天皇もそのつもりだっただろう。ところが六六二年五月に、大海人皇子は自分の息のかかった前百済王の義慈王（孝徳天皇）の息子、扶余豊（豊璋）を百済王に任命したのである。ここで大海人皇子と中大兄皇子の間は完全に乖離した。

則天（武氏）の忠臣劉仁軌は大海人皇子と中大兄皇子が離間するのを早くから予知し、時期を待っていた。彼は同年六月に、中大兄側の将鬼室福信を扶余豊が殺害するに及んで、行動を起こし、八月に白村江での海戦で勝利して倭国軍を壊滅させた。これが「白村江の戦い」である。しかも劉仁軌は唐国側にあるはずの新羅文武王を信用せず、「白村江の戦い」に勝利しても半島に駐留して大海人皇子等の巻き返しを封じたのである。

■『万葉集』で最も難解な歌の意味

紀の温泉に幸(いでま)しし時、額田王の作る歌

9 莫囂圓隣之大相七兄爪湯氣わが背子(せこ)がい立たせりけむ嚴橿(いつかし)が本

幸二于紀溫泉一之時、額田王作歌

莫囂圓隣之大相七兄爪湯氣　吾瀬子之　射立爲兼　五可新何本

「熟田津」に続く額田王のこの歌は『万葉集』中で最も難解とされている。この歌には六〇以上の異なった読み方があるといわれているが、私が参考にしている岩波書店発行の『万葉集』では、上句は万葉仮名のままで解読していないからまったく意味が通じない。ただし根拠は明らかでないが、「莫囂圓隣之」を「夕月の」と解読する意

見の人は多いようである。たとえ「夕月の」と読んでも下の句と連脈がないので意味は通じない。

李寧熙氏（『もう一つの万葉集』）の解読によると次のようになる。

「莫囂(メボル)」は水郷の意味で「圓隣之(ドングルリジ)」は「廻らせよ」、「大相七兄(クンサシエ)」は「大城」の意であるという。全体として、「水郷廻らせよ。大城に拝謁(はいえつ)せよ。来たれ。城立ちにけり。行き来せむ。幾度」と訳され、意訳すると、「水郷を廻らせて都をお作りなさい。そして大城に拝伏しなさい。さあおいでなさい、お城が立（建）っているのですから、行きましょう、何回も」という意味であるという。

この歌は頭書きには「紀の温泉に幸(いでま)しし時、額田王の作る歌」とあるところから、一応、斉明四（六五八）年一〇月に、斉明天皇と中大兄皇子が和歌山の白浜に滞在した時の歌とするのが普通だろう。しかし額田王の「白村江の戦い」前夜の歌の次に出ているところからみて、私は時系列として「白村江の戦い」直後の歌とみる。

『書紀』天智三年是歳条に、「筑紫に大堤を築いて水を蓄えた。名づけて水城(みずき)という」とある。今も遺構が残っているが、すぐ上の四王寺山には大規模な大野城があった。

天智三年は「白村江の戦い」の翌六六四年のことである。

「白村江の戦い」に完敗すると、大海人皇子も百済の遺民も倭国に亡命した。そこで半島を征服した唐軍が、いつ倭国に攻め寄せるかわからない状態になった。中大兄皇子はこの年、水城や大野城だけではなく、対馬や壱岐島の防御を固めている。

このように北九州の防御を固めたのは中大兄皇子だった。額田王も中大兄皇子の一助を買って、この歌を作ったと思われる。したがって私は額田王の歌の「水郷」とは筑紫の「水城」をいい、「大城」とは「大野城」をいうと推測する。

意外にも大海人皇子は中大兄皇子ほど切迫してはいなかった。その理由は何といっても新羅の文武王が自分の子だったからだ。百済滅亡後も百済に駐留していた劉仁軌は「白村江の戦い」に勝利したが、新羅文武王に疑惑の目を向けていた。彼は半島土着の唐国将である劉仁願と郭務悰にも、新羅に内通しているのではないかという疑念を持って、半島に駐留を続けていたのである。

劉仁軌と劉仁願とは、まぎらわしい名だが、まったくの他人である。その上、二人の立場は対照的だった。劉仁軌は則天に重く信任され、彼もそれに応えた。劉仁軌が没すると則天は廃朝（公務に即かず）して、その死を弔った。反対に劉仁願は太宗時代に勇猛をもって名声のあった人だが、高宗時代には半島に駐留するという名目で、半ば孤立して私兵を蓄え、周辺を支配していた。地域事情に精通する唐人だったのである。

劉仁願は劉仁軌に協力して「白村江の戦い」を戦ったが、実際は新羅文武王、ひいては大海人皇子と内通していた。彼は唐国に帰国し、初めて則天の夫の高宗に面会した。高宗は彼の劉仁軌を立てる謙虚な言葉にすっかり幻惑され、劉仁願が百済と新羅を和平させる立会人になることを承認した。劉仁願は半島に帰国すると、六六四年二月に新羅と旧百済を和平させ、五月に郭務悰を使者として筑紫に送ってきた。

郭務悰も半島土着の唐国官人である。郭務悰の目的とは中大兄皇子の妹、間人皇女の即位の承認だった。この年、六六四（天智三）年二月、間人皇女は大海人皇子の後盾により即位していたのである（『白虎と青龍』）。中大兄皇子側は郭務悰は正式な唐国使者でないことを理由に筑紫から帰国させた。

中大兄皇子のみならず、劉仁軌も劉仁願の行為を認めず、劉仁軌は高宗に抗議の上表（君主に文書をたてまつること）をした。高宗は劉仁軌の書簡により、劉仁願の行為を非として撤回したらしい。後に高宗は劉仁願が高句麗に内通したという理由で流罪に処している。

翌六六五年二月に劉仁軌はあらためて新羅文武王と、劉仁願、扶余隆の間で不戦の盟約を結ばせた。扶余隆は百済武王の子で、百済滅亡後、唐国に降り、「白村江の戦い」の時は唐軍側にあって戦った人である。劉仁軌は扶余隆を熊津（旧百済王都）都督に任命し、新羅・百済・倭人等を連れて、ようやく帰国した。劉仁軌は劉仁願と内通する大海人皇子の野望を早くから見破っていた。そこで、大海人皇子が劉仁願を通じて唐国に要請した間人皇女朝を否定したのである。そして次なる倭国王は中大兄皇子しかいないと見定め、中大兄皇子の倭国との和平の道順を整えて帰国した。

ただし熊津都督の扶余隆は新羅の圧力に耐え切れず、たちまち唐国に亡命した。このように、間人皇女を擁立したのは土着の唐人劉仁願や郭務悰と結ぶ大海人皇子だった。郭務悰は「壬申の乱」の時も来日して大海人皇子側として戦っている。

『書紀』天智三（六六四）年二月条に「天皇、大皇弟に命して」冠位（位階）の改定を行なったとある。大皇弟とは大海人皇子として間違いないが、ここに天皇とあるのが誰を言うのか、古来、問題とされてきた。すでにこの時、斉明天皇は没している。中大兄皇子が即位していないことは『書紀』ですら、天智七年一月条に「皇太子、即天皇位」と六六八年に即位したと明記しているのだから、それまで中大兄皇子は皇太子ではあっても天皇ではなかったことは明らかである。そこで、うやむやのうちに『書紀』が中大兄皇子を天皇と書き間違えたというのが通説である。しかし『書紀』がそのような初歩的なミスを犯した例は他にない。天皇という表記を単なる間違いではすますわけにはいかないのだ。

この時の冠位の改定は甲子の年（六六四）だったので、後年、「甲子(かっし)の宣」といわれている。「甲子の宣」は続く近江朝、天武朝の基礎となる重要な冠位の改定だったといわれている。「大化の改新」が孝徳天皇即位に伴って発布されたように、このような改定が行なわれるのは通常、新天皇が即位した時である。

■間人皇女を籠絡した大海人皇子

大海人皇子に擁立された間人皇女は舒明天皇と斉明天皇の間の娘、中大兄皇子の同母の妹であり、孝徳天皇の妃だった。その間人皇女の歌が『万葉集』（巻一―一〇・一一・一二）にある。

10君が代もわが代も知るや磐代の岡の草根をいざ結びてな

　中皇命、紀の温泉に往しし時の御歌

　　中皇命往二于紀温泉一之時御歌

　君之齒母　吾代毛所知哉　盤代乃　岡之草根乎　去來結手名

11わが背子は假廬作らす草無くは小松が下の草を刈らさね

　吾勢子波　借廬作良須　草無者　小松下乃　草乎苅核

12わが欲りし野島は見せつ底深き阿胡根の浦の珠そ拾はぬ　或は頭に云はく、わが欲

りし子島は見しを

右、山上憶良大夫（やまのうへのおくらのまへつきみ）の類聚歌林（るいじゅかりん）を検（かむが）ふるに曰はく、天皇の御製歌（おほみうた）云々。

吾欲之　野嶋波見世追　底深伎　阿胡根能浦乃　珠曾不拾　或頭云、吾欲子嶋　羽見遠

右、検二山上憶良大夫類聚歌林一曰、天皇御製歌云々。

中皇命とは間人皇女をいうが、古注でナカツスメラミコトと振仮名されている。スメラミコトとは天皇以外に称さない名称だから、古注者も間人皇女を天皇と考えていたようだ。山上憶良の注釈も天皇の歌としている。

それは間人皇女の歌（一〇）の内容からも明らかである。

「君が代も」を万葉仮名で「君之齒母」と表記している。この場合「齒」は単に年数を表わしているに過ぎない。しかし「わが代も」は「吾代毛」とあり、「吾が代」すなわち「吾が統治時代」という意味になる。

この歌を直訳すると「あなたの時代も私の統治時代も知っているだろうか。おそら

く知っている。その岩山の草を結ぼう」となって意味が通じない。意訳すると次のようになる。

「あなたが権力をふるった時代も私の天皇時代もこの岩は知っているだろうか。おそらく知っているだろう。この岩山に生えている草を結ぶように、私たちの関係も続けよう」となる。「草を結ぶ」というのは男女関係を暗示している。頭書きに間人皇女が紀伊の温泉に行った時とある。おそらく斉明天皇や中大兄皇子が六五八年に紀伊に行った時のことをいうのだろう。

この時、有間(ありま)皇子が謀反(むほん)の罪で紀伊に連行されて殺された。

大海人皇子は有間皇子という即位可能な人物が中大兄皇子によって粛清(しゆくせい)されるのを傍観した。一方、間人皇女に近づき、男女関係で籠絡(ろうらく)していた様子が、この間人皇女の歌から憶測される。間人皇女の相手をなぜ、大海人皇子に比定するのかと問われるかもしれない。この頃、すでに孝徳天皇時代ではなく斉明朝だった。表向き間人皇女は未亡人だった事実を忘れてはならない。「甲子の宣」を定めたのは大海人皇子だった。ということは間人皇女即位を中大兄皇子ではなく、大海人皇子が主導したこと

【抹殺された女帝・間人皇女】

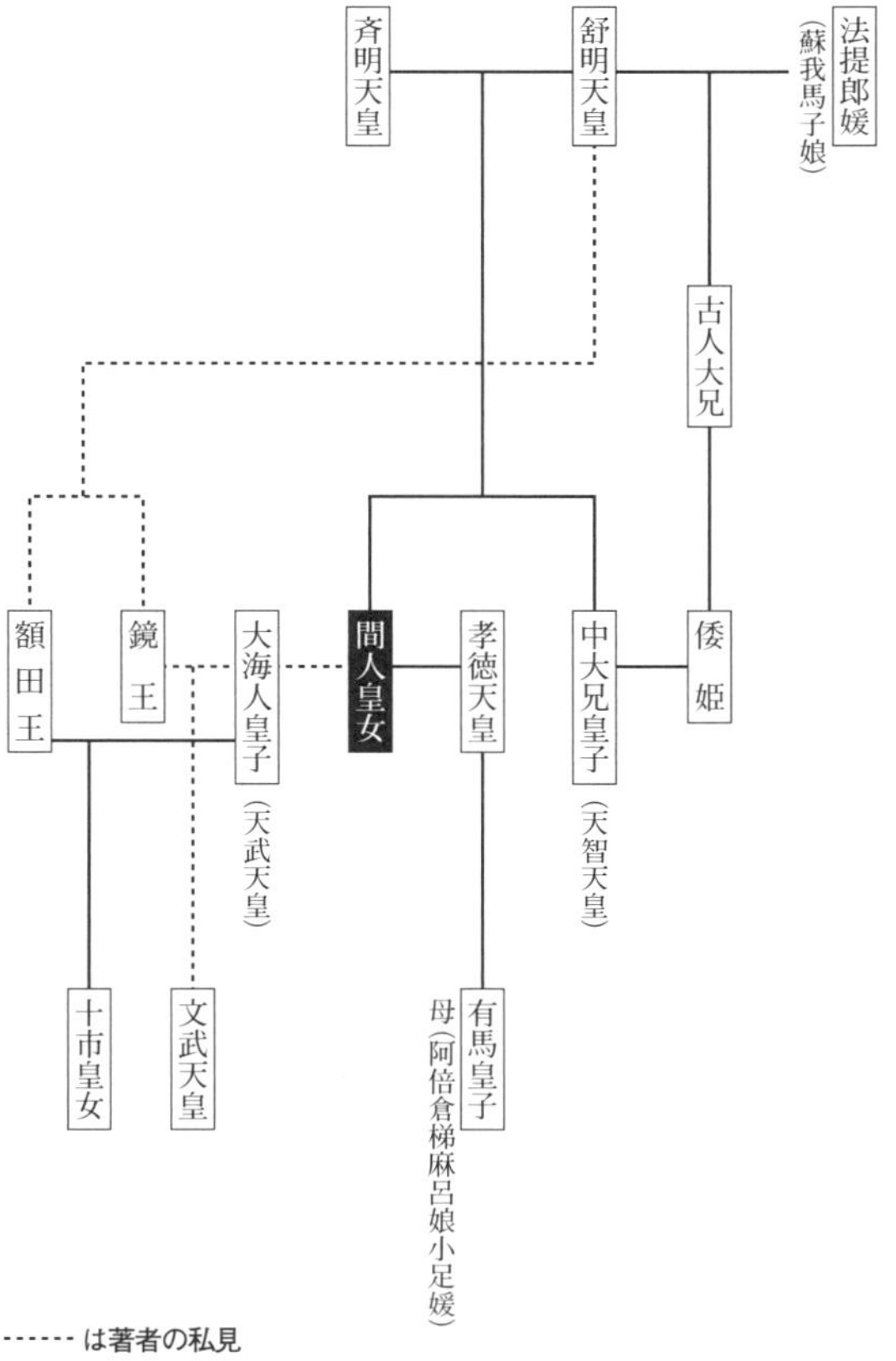

は間違いないからである。
もう一つの理由は、大海人皇子は中大兄皇子の即位を妨害するために、常に女帝を立てた。斉明天皇しかり、また『書紀』によると、大海人皇子は「壬申の乱」を前にして吉野に籠もる時、天智天皇の正妃で古人大兄皇子の娘、倭姫王の即位を近江朝に進言している。名目的な女帝を立てて実権を握るというのが、皇統にない大海人皇子の政策だったのである。間人皇女即位もその線上にあると考えられる。

なぜ、即位の事実が抹殺されたのか

さらに大海人皇子が間人皇女に贈ったと思われる歌（巻一―五・六）がある。

讃岐國安益郡に幸しし時、軍王の山を見て作る歌

5 霞立つ　長き春日の　暮れにける　わづきも知らず　村肝の　心を痛み　鵼子鳥
うらなけ居れば　玉襷　懸けのよろしく　遠つ神　わご大君の　行幸の　山越す
風の　獨り居る　わが衣手に　朝夕に　還らひぬれば　大夫と　思へるわれも　草

枕　旅にしあれば　思ひ遣る　たづきを知らに　網の浦の　海處女らが　焼く鹽の
　思ひそ焼くる　わが下ごころ

　幸二讃岐國安益郡一之時、軍王見レ山作歌
霞立　長春日乃　晩家流　和豆肝之良受　村肝乃　心乎痛見　奴要子鳥
　卜歎居者　珠手次　縣乃宜久　遠神　吾大王乃　行幸能　山越風乃
獨座　吾衣手尓　朝夕尓　還比奴礼婆　大夫登　念有我母　草枕　客尓
之有者　思遣　鶴寸乎白土　網能浦之　海處女等之　焼塩乃　念曽所焼
　吾下情

　反　歌
6山越しの風を時じみ寝る夜おちず家なる妹を懸けて偲ひつ
右、日本書紀を検ふるに、讃岐國に幸すこと無し。また軍　王も未だ詳ら
かならず。ただし、山上憶良大夫の類聚歌林に曰はく、記に曰はく、天
皇十一年己亥の冬十二月己巳の朔の壬午、伊豫の溫湯の宮に幸すといへり。

一書に、是の時に宮の前に二つの樹木あり。この二つの樹に斑鳩・比米二つの鳥さはに集まれり。時に勅して多く稲穂を掛けてこれを養ひたまふ。すなはち作る歌といへり。けだしここより便ち幸ししか。

反歌

山越乃　風乎時自見　寐夜不落　家在妹乎　懸而小竹櫃

右、檢㆓日本書紀㆒無㆑幸㆓於讃岐國㆒。亦軍王未㆑詳也。但、山上憶良大夫類聚歌林曰、記曰、天皇十一年己亥冬十二月己巳朔壬午、幸㆓于伊与溫湯宮㆒云云。一書、是時宮前在㆓樹木㆒。此之二樹斑鳩比米二鳥大集。時勅、多挂㆓稲穂㆒而養㆑之。仍作歌云云。若疑從㆑此便幸之歟。

頭書きは「讃岐國安益郡に幸しし時、軍王の山を見て作る歌」とある。

古注によると、軍王は未詳という。軍王なる人はこの時代にいないから、未詳とするのは当然だろう。間人皇女の歌の次にこの歌があり、政治的意味のある「雑歌」の条にあるにもかかわらず、内容が恋歌であるところからみて、軍王は間人皇女の恋人であったことが想像される。私は軍王とは大海人皇子をいうと想像している。『万葉集』の編者は歌の内容から大海人皇子の名を出すわけにいかないので、軍王と仮称したのだろう。軍王とは百戦練磨の大海人皇子にふさわしい名ではないか。

古注では山上憶良の意見として、『書紀』舒明一一（六三九）年一二月条に、天皇が伊予に行ったとある時のことではないかという。そして右にあるように山上憶良の不可解な注釈を引用している。つまり伊予の宮の前の二つの樹に、斑鳩（いかるが）と比米（ひめ）の二つの種類の鳥が数多く集まった。天皇が稲穂をもって養うよう命じた時に作った歌というのである。

歌の全体の意味は大体、次のようになる。

「春の夕方になると、讃岐に出かけた大君を偲（しの）んで、わけもわからず心が痛い。ぬえこ鳥が鳴いて、大君が出かけた先から山を越す風が朝夕に一人いる自分の衣に吹き寄せると、大夫と自分自身思っているが、旅にあるので、この恋しい思いを知らせるすべもない。ただ海女が焼く塩のように、私の下ごころは思いこがれているばかりだ」

この歌で重要なのは大王（万葉仮名で大王とある）、つまり天皇は女性で旅にあり、作者の軍王も旅にあるということと、「思ひそ燒くる、わが下ごころ」である。「下ごころ」は万葉仮名では「吾下情」とある。どっちにしても夫婦のように表に出せない関係をいうのは自明の理である。つまり二人は公にはできない恋人同士であることを示している。

ただし舒明天皇にしても間人皇女にしても、讃岐国には行ったという記録はない。四国という意味ならば、おそらく「白村江の戦い」の時、間人皇女は斉明天皇らと行を共にしたと思われるから、伊予には行っただろう。斉明天皇の一行が九州にある頃、大海人皇子は半島に渡って唐国と戦っていた。二人が共に旅に出ていた時期があったのである。軍王を大海人皇子とするなら、この歌は大海人皇子が半島から倭国の間人皇女に送った恋文ということになろう。

ただし憶良の説、舒明天皇一一（六三九）年の記述も気になる。斑鳩も比米も雀科の鳥というが、比米には姫の意味が込められているような気がする。天皇とはこの場合、舒明天皇だが、稲で飼うように命じているところをみると、斑鳩と比米の存在を是認しているようにみえる。もしかすると、舒明朝末期のこの頃から大海人皇子と間人皇女の間には関係があったのだろうか。私の推測では二年前の六三七年には新羅の法敏が生まれている。

　私が大海人皇子が間人皇女を擁立したという根拠は右の通りで心もとない。しかし『万葉集』の編者は『書紀』から抹殺された間人皇女の即位の事実を、これ以上明記するわけにはいかなかったのだろう。まして間人皇女は孝徳天皇妃だった。大海人皇子がいかに間人皇女を納得させて擁立したかは、当時の人々さえ話題にするのを憚(はばか)っただろう。ここは何といわれても推理するしか手はないのである。『万葉集』の編者は間人皇女を、天皇を意味するナカツスメラミコトと振仮名して、『書紀』より一歩進んで間人皇女即位の事実を後世に伝えようとしたようだ。その意味を解さないのは現代人、我々の責任である。

　大海人皇子としては、中大兄皇子の即位を阻止しなければ、倭国での自分の立場はないと考えていたのは間違いない。大海人皇子は中大兄皇子がまだ筑紫(ちくし)に滞在して、唐国勢からの防衛に腐心している最中に、半島土着の唐将劉仁願と組んで、高宗に間人皇女即位の承認を取り付けさせた。それを知った劉仁軌はただちに高宗に書簡を送り、半島の和平は自分が行なうと宣言した。則天の口添えがあったかどうかわからないが、高宗はただちに前言をひるがえした。ただし間人皇女は即位一年後の天智四（六六五）年二月に没した。同年同月に劉仁軌が新羅文武王と劉仁願、扶余隆に和平の盟約をさせている。

そして同年九月、唐国は劉徳高（りゅうとくこう）らを使者として倭国に遣わした。この時点で、中大兄皇子と唐国は講和したと考えられている。中大兄皇子の倭国王は唐国に認知されたのである。『懐風藻』によると、劉徳高は大友（おおとも）皇子をみて「この国の分に過ぎた」人物と賞賛したという。おそらく大友皇子の立太子もこの時、すでに決定したのだろう。

それからの大海人皇子と中大兄皇子は倭国内で内乱状態になった。中大兄皇子は筑紫から大海人皇子の盤踞（ばんきょ）する大和には戻れなくなった。そこで六六七（天智六）年三月、近江に遷都することに決め、近江に行った。翌年、先に述べたように、額田王は大海人皇子に「あかねさす紫野…」の歌を贈った。

第四章　額田王の「最後の歌」が意味すること

■弓削皇子の危険な恋

額田王は晩年になった持統高市朝時代、弓削皇子に最後の歌を贈った。

弓削皇子は、天武天皇の子で後の文武天皇（軽皇子）の妃だったらしい異母妹の紀皇女とは相愛の仲だった。高市皇子が没して、誰が即位するかを決める会議において、天武妃の鸕野皇女は強く文武天皇の即位を推していた。弓削皇子が文武天皇の即位を反対しようとし、何かを言おうとした時、近江朝の大友皇子の息子の葛野王が一喝して、文武天皇の即位が決定した（『懐風藻』）。

弓削皇子の紀皇女を思う歌は次の四首である（巻二―一一九～一二二）。

弓削皇子、紀皇女を思ふ御歌四首

119 吉野川逝(ゆ)く瀬の早みしましくも淀(よど)むことなくありこせぬかも

弓削皇子思二紀皇女一御歌四首

芳野河　逝瀬之早見　須臾毛　不通事無　有巨勢濃香問

120 吾妹兒(わぎもこ)に戀ひつつあらずは秋萩(あきはぎ)の咲きて散りぬる花にあらましを

吾妹兒尒　戀乍不有者　秋芽之　而散去流　花尒有猿尾

121 夕さらば潮滿ち來(き)なむ住吉(すみのえ)の淺鹿(あさか)の浦に玉藻(たまも)刈りてな

暮去者　塩滿來奈武　住吉乃　淺鹿乃浦尒　玉藻苅手名

122 大船(おほぶね)の泊(は)つる泊(とま)りのたゆたひに物思(も)ひ瘦(や)せぬ人の兒(こ)ゆゑに

大船之　泊流登麻里能　絶多日二　物念瘦奴　人能兒故尒

あまり説明を要しない恋歌だが、簡単に説明すると、一一九は、

「吉野川の川の流れの速いように、我々の恋も淀むことのないように」

直訳すればこうなるが、淀まないようにという表現に、恋に支障がないようにという願いが込められている。

弓削皇子と同母兄の長(なが)皇子は持統七（六九三）年、特別に浄広弐(じょうこうに)という位を授けられている。『書紀』によれば、高市皇子が浄広壱(いち)で、次いで弓削皇子兄弟が浄広弐なのだから、両者が持統朝において、いかに破格な待遇を受けたかがわかる。その理由の一つに長・弓削皇子兄弟の母が天智天皇の娘だったこともあろう。

次の弓削皇子の一二〇の歌は、「あなたへの恋は苦しいから、恋はしないで、秋萩のように散ってしまいたい」、つまり死んでしまいたいという意味である。

一二一は「日が暮れたなら、潮が満ちてくる住吉の浅鹿の浦で玉藻を刈りたい」。

これは完全に風景に心象を投影した比喩歌である。ここに「玉藻刈りてな」という条がある。「玉藻刈る」あるいは「草を刈る」という表現は『万葉集』の恋歌の中にしばしばみられる。おそらく藻、あるいは草を体毛にたとえて、共寝するという意味の間接表現である。

一二三は「大船が港で揺れているように、思いみだれて痩せてしまった。どうしようもない人妻のあなたを恋したために」。

表からみればこのような恋歌である。しかし李寧熙氏（『天武と持統』）は一二三の歌に関して次のように解釈している。

「大船之」を朝鮮語では「オポベジ」と読み「駄目になった」、続く「泊流登麻里能」を「バクドゥマンリヌン」と読み「刺せといっておきながら止める」、「絶多日二」は「ダダビニ」で、「歯がゆい奴なので」と解読した。

つまり「やれやれとけしかけておきながら、止めろといっているもどかしい（歯がゆい）奴だ」という裏の意味を持つ歌という。

この李寧熙氏の解釈は、この時の弓削皇子の気持ちを非常によく表現していると思う。

弓削皇子は文武天皇の即位に反対する勢力を代弁して、会議中に即位反対の発言をしようとした。しかし、あろうことか、文武天皇とは対立関係にあるはずの天智天皇の孫の葛野王に一喝され、文武天皇の即位は決定した。この時、弓削皇子の兄の長皇子も文武天皇即位に反対した様子はない。長皇子は何食わぬ顔で次のような歌を歌っている（巻二―一三〇）。

　長皇子、皇弟に與ふる御歌一首

130　丹生の河瀬は渡らずてゆくゆくと戀痛きわが背いで通ひ來ね

　　長皇子、与二皇弟一御歌一首

　丹生乃河　瀬者不渡而　由久遊久登　戀痛吾弟　乞通來祢

「丹生の河瀬」とは弓削皇子の危険な恋を暗示しているのだろう。「危険な恋に溺れないで、恋に悩む弟よ。さあわが家に来なさい。慰めてあげるから」という意味である。

　しかし弓削皇子にはそんな悠長な時間は残されていなかった。軽皇子が文武天皇として即位してから、一一九の歌に吉野川があるように弓削皇子は吉野に幽閉されたらしい。

吉野での次のような歌がある（巻三—二四二）。

弓削皇子、吉野に遊しし時の御歌一首

242 瀧の上の三船の山に居る雲の常にあらむとわが思はなくに

弓削皇子遊二吉野一時御歌一首

瀧上之　三船乃山尓　居雲乃　常將有等　和我不念久尓

「瀧の上の三船の上にある雲のように、はかない自分の身はいつまでもこの世にあるとは思っていない」という意味である。『万葉集』でも雲とか煙は死にまつわって歌われる場合が多い。弓削皇子はこのころから死を覚悟していたのである。

額田王の忠告の歌

弓削皇子が吉野にいる時、額田王に贈った歌とそれに答える額田王の歌（巻二—一一一〜一一三）がある。

111
吉野の宮に幸しし時、弓削皇子、額田王に贈與る歌一首
古に戀ふる鳥かも弓絃葉の御井の上より鳴き渡り行く
幸㆓于吉野宮㆒時、弓削皇子贈与㆓額田王㆒歌一首
古尒　戀流鳥鴨　弓絃葉乃　三井能上従　鳴濟遊久

112
額田王、和へ奉る歌一首（大和の都より奉り入る）
古に戀ふらむ鳥は霍公鳥けだしや鳴きしわが念へる如
額田王奉㆑和歌一首（従㆓倭京㆒進入）
古尒　戀良武鳥者　霍公鳥　盖哉鳴之　吾念流碁騰

113
吉野より蘿生せる松の柯を折り取りて遣はす時、額田王の奉り入るる歌一首
み吉野の玉松が枝は愛しきかも君が御言を持ちて通はく

従二吉野一折取二蘿生松柯一遣時、額田王奉入歌一首

三吉野乃　玉松之枝者　波思吉香聞　君之御言乎　持而加欲波久

一一一の歌は「昔を恋している鳥だろうか。ゆづるはの木のそばにある井戸の上を鳴いて渡る鳥は」という意味である。

次の一一二は弓削皇子の歌に答える額田王の歌で、「その鳥はほととぎすで、私が昔を恋しく思っているように、昔を偲(しの)んで鳴いているのでしょう」。

一一三の歌は、弓削皇子が吉野から苔(こけ)むした松の枝を贈ったのに対する額田王の返歌である。「吉野の松はあなたの言葉を持ってきてくれるので愛しい」という額田王の感謝の歌で、さして深い意味はなさそうにみえる。

しかし李寧熙氏によると、三首ともに朝鮮語の裏読みがなされているという意見で、その内容は恐ろしい。その前にまず表の意味から解釈しよう。

『万葉集』にはホトトギスの歌が非常に多いが、ホトトギスは天武天皇を暗示する鳥なのである。ホトトギスは繁殖に際して、別の鳥の巣に玉子を産み育てさせる。託卵

する鳥だからホトトギスは実の親を知らない。私は天武天皇の父親は高向玄理と考えているが、実父かどうかは不明である。斉明天皇の前夫の高向王を天武天皇の父と推測し、高向王を玄理に比定したに過ぎない。『書紀』には、天武天皇は天智天皇の同母弟とあるから、斉明天皇は実母のようにみえるが、それも斉明天皇が高向玄理の妻という立場から発想された仮の母子関係のようである。

つまり天武天皇は誰の子か、どこで生まれたかも判然としない人なのである。まさにホトトギスに仮託するにふさわしい人物といえる。

さらにホトトギスの口の中は赤い色をしている。このことも漢の国の色である赤を想起させ、漢高祖指向の天武天皇にふさわしい鳥といえる。したがって一一一と一一二の歌は、弓削皇子と額田王が共に天武天皇を偲んだ歌ととれる。

一一三では弓削皇子が吉野から松の古木を額田王に贈っているが、松は五行思想の木徳より天武を意味する。さらに高句麗には松が多く、高句麗王陵には、必ずといっていいほど松が植えてあった。高松塚も天武陵の一つだった。高句麗の高氏と高句麗を表わす松が天武陵だったことを物語っている（『高松塚被葬者考』）。

このように表向きの意味は、弓削皇子と額田王が天武天皇を偲んで贈答歌を交わしたに過ぎない。しかし李寧熙氏の朝鮮語読みは違う。今は直接、弓削皇子の生死に関する一一三の歌の解釈（『甦える万葉集』）のみを紹介したい。

「争いは負けるでしょう。反逆心は砕けるかも。『大鋏（はさみ）』ごとはお控えなさい。頼ったせいで、ほと挿（さ）して」。朝鮮語読みにするとこうなるという。

李寧熙氏はこの歌を鸕野皇女と文武天皇にからめて考えているが、私は額田王が弓削皇子に贈った歌だから、危険な恋に溺れて吉野に幽閉されている弓削皇子への額田王の忠告の歌と想定する。

歌の意味は、まず「弓削皇子が文武天皇や鸕野皇女等と争っても負けるでしょう」。そして「大鋏」はこの場合、セックスを意味するから、「紀皇女と関係することは止めなさい」という額田王の弓削皇子に対する忠告の歌と解釈される。

七世紀も末になり、額田王も晩年にかかっていた。数々の修羅場を乗り越えてきた人生経験豊かな額田王としては、若い弓削皇子が、みすみす命を落とす結末に至るのを傍観するに忍びなかったのではないだろうか。

隠蔽された皇子と皇女の不倫

紀皇女は誰の妃か記録に残されていない人である。ただし巻三（三九〇）の譬喩歌の筆頭の紀皇女の歌から、想像できる相手はいる。

紀皇女の御歌一首

390 輕の池の汭廻行き廻る鴨すらに玉藻のうへに獨り宿なくに

紀皇女御謌一首

輕池之　汭廻徃轉留　鴨尚尒　玉藻乃於丹　獨宿名久二

紀皇女の歌は「軽の池に泳ぐ鴨すら、藻の上に一人で寝はしないではないか」と一人寝を恨んでいる歌である。この歌は人を物事にたとえる譬喩歌の条にあるところからみて、鴨は紀皇女自身で、軽の池の上で空閨に甘んじないという決意の歌である。「輕の池」の輕は、後の文武天皇の皇子名である軽皇子を意味している。おそらく紀皇女は文武天皇の軽皇子時代の妃だったのだろう。

紀皇女の恋人は弓削皇子だった。弓削皇子が軽皇子の即位に反対したという『懐風藻』の記述は嘘ではなく、弓削皇子には紀皇女への私的な思いからも軽皇子の即位をなんとしてでも阻止したかったのだろう。

不思議なのは紀皇女の没年が『続日本紀』にみえないことである。皇子、皇女の場合、例外なく『続日本紀』は没年を明記している。ただし紀皇女に該当すると思われる女性の死が六九九（文武三）年正月条に「浄広三坂合部女王卒す」と記録されている。坂合部女王なる人物はこの時代、存在しないから、紀皇女の変名と推測される。「卒す」という庶人に使われる言葉で記されているところをみると、紀皇女は文武天皇によって皇女の身分を剝奪され、庶民として葬られたようだ。おそらく弓削皇子との不倫を糾弾され、処刑された事実を隠蔽するため、『続日本紀』は紀皇女の没年を明らかにしないで、変名を使って暗示したのだろう。同年七月、弓削皇子も没した。若い両者の死は偶然とは思えない。

紀皇女にはまた、次のような歌がある（巻十二―三〇九八）。

3098 おのれゆゑ罵らえて居れば驄馬の面高夫駄に乗りて來べしや

右の一首は、平群文屋朝臣益人の傳へて云はく、昔多紀皇女竊に高安王と嫁ひて嘖められし時に、この歌を作り給ひきといへり。但し高安王は、左降して伊與の國の守に任ぜられしのみなり。

於能礼故　所詈而居者　驄馬之　面高夫駄尒　乗而應來哉

右一首、平群文屋朝臣益人傳云、昔多紀皇女竊嫁二高安王一被レ嘖之時、御二作此歌一。但高安王、左降任二之伊与國守一也。

「お前のために叱られている時、白馬（あおうま）に乗って、馬と共に堂々と大きい顔をして、やって来るとはなにごとか」と怒っている歌だが、白馬に乗って来た男性が恋人とは限らない。当時、身分の高い人々の間では、連絡を取るのに舎人など使者を使ったからである。紀皇女の歌には多少、相手を侮蔑している感じがするところからみても弓削皇子本人ではなく、弓削皇子の使者を叱り飛ばした歌なのかもしれない。

注釈では、かつて多紀皇女（紀皇女と考えられている）が高安王と密通して叱られた時の歌で、相手の高安王は伊予守に左遷されたとある。『続日本紀』によると、高安王は和銅六（七一三）年一月、無位から従五位下になった。『令集解』（巻一七　選叙令）によると、王の場合、数え年で二一歳で従五位下に叙せられるから高安王は王として普通に世に出たらしい。

しかし私の考えでは紀皇女は六九九年に没しているから、当時、高安王は七歳くらいの子供である。彼は養老三（七一九）年七月、伊予守で四国に行っていることから、『記紀』にみえる木梨軽太子の伊予への流罪、ひいては弓削皇子のモデルとされたのではないだろうか。

それともう一つ、高安王は長親王の孫にあたる（『本朝皇胤紹運録』）。つまり高安王にとって弓削皇子は大叔父にあたる。このことから高安王は幼い頃、実際に弓削皇子と接触があった可能性がある。これらの点を考慮して『万葉集』の注釈者は弓削皇子を高安王にすり替えたのだろう。

『万葉集』成立当時においても、弓削皇子と文武天皇の妃だった紀皇女が、不倫の罪を理由に共に殺されたという事実は関係者の誰もが知っていながら、表には出せない極秘中の極秘だったのだろう。

文武天皇としては、自分の即位に反対した弓削皇子は、紀皇女の不倫の相手という私怨もあって許しがたい存在だったと思われる。

ただし万が一、文武天皇が即位できなかったなら、弓削皇子も紀皇女も殺されるには至らなかっただろう。夫が不倫した妻と相手を殺せるのは、当時の日本では天皇という実質共に最高権力者以外にできなかったからである。

ゆえに弓削皇子にとって文武天皇の即位はまさに死活にかかわる問題だった。彼は生存を賭けて、何が何でも文武天皇の即位を阻止しなければならなかったのである。『万葉集』成立時は、弓削皇子と紀皇女の悲劇はまだ記憶に生々しかった。そこで、紀皇女の相手を弓削皇子その人ではなく、高安王にすり替えたのである。

このように『万葉集』は『記紀』と同様、複雑な手口で政治がらみの真相を語りかけ、また隠蔽して後世の者を悩ませる。

いずれが正しいかどうかは結局、『万葉集』の歌の作者、そして編纂した人々でなければわからない。

第Ⅰ部のまとめ

額田王は、百済武王が『書紀』に田村皇子（後の舒明天皇）として、その名を留め、倭王たらんと大和朝廷で画策していた推古朝末期、おそらく河内の加羅系新羅女性との間に生まれた娘と考えられる。彼女は少女時代、新羅と百済の和平のため、新羅の金春秋（後の新羅武烈王）と政略結婚させられ新羅に行った。

父親の武王が没すると異母兄の中大兄皇子と共に、耽羅島から倭国に帰国した。

倭国に来た中大兄皇子は、高句麗の蓋蘇文こと大海人皇子と共闘して蘇我一族を滅ぼすため、異母妹である額田王を大海人皇子と政略結婚させた。両者の間に近江朝の大友皇子の妃となった十市皇女が生まれた。

立場上からも額田王は、異母兄の中大兄皇子と大海人皇子の対立緩和に誠心誠意努めたようである。しかし大海人皇子が中大兄皇子の即位を妨害することを止めることはできなかった。

中大兄皇子が即位して天智天皇となるや、倭国は内乱状態になったようだ。天智天皇は間もなく行方不明になったようだが、六七一年には大友皇子が即位して、大海人皇子は吉野に籠もり、近江朝は形を整えたようにみえた。しかし半年後の六七二年六月、大海人皇子は吉野を出て挙兵した。大友皇子は殺され、大海人皇子が天武天皇として即位することになった。

額田王は天武朝になると沈黙し、『万葉集』には天武朝時代の歌は残されていない。額田王は大海人皇子即位を是認しなかったとみられる。

額田王の歌は持統朝になって、弓削皇子との贈答の歌が残されているのみである。

額田王は「白村江の戦い」から「壬申の乱」にかけての時代に、龍虎、相食(は)む中大兄皇子と大海人皇子の対立を緩和することに生涯を賭けたとみられる。

額田王の願いもむなしく、大海人皇子は近江朝を滅ぼした。一人娘の十市皇女も謎の死を遂げた。

たぐいまれな文才に恵まれた額田王は、少女時代から政争の具とされ、悲劇の生涯を送った女性だったともいえる。

第Ⅱ部　消された天皇

第一章　「持統天皇」は高市皇子である

■天智天皇、その死の謎

天智天皇が即位した六六八年五月は、蒲生野で狩があり、額田王が大海人皇子に歌を贈った年で、天智天皇と大海人皇子間の緊張が最高度に達した時である。『書紀』では翌六月条に伊勢王とその弟王（両者とも系図不詳）が続いて没したとある。両者が相次いで死んだとあるところからみて、蒲生野で天智天皇側と大海人皇子側との間に宣戦布告なき戦いがあり、伊勢王らが戦死した可能性が高いとみる。

翌七月条には、日本海側の越から高麗人の使者が来日したとある。続いて「壬申の乱」の時、九州で大海人側として決定的な役割を果たした栗隈王が筑紫率に着任した。高麗人の来日に続いて、『書紀』に栗隈王の筑紫率就任の記述があるところよりみて、越から来た高麗使者とは栗隈王をいうと思われる。栗隈王の「栗」は「句麗」

で高句麗を、「隈（くま）」は狛（こま）、あるいは高麗（こま）を暗示する、高句麗色の強い名である。栗隈王はこの時、大海人皇子の助っ人として北九州に行き、新羅の援軍の入国に便を図ったとみられる。

一方、『書紀』には、近江朝では軍事を習わせ、多くの馬を飼ったとあるから、天智天皇側も大海人皇子との対決に備えたようだ。しかし人々は「天皇、天命将及（みいのちをはりならんとす）るか」と噂していたという。間もなく、天智天皇が大海人皇子との戦いに敗れ、死ぬだろうと予測していたのである。

倭国の人々は、高句麗が滅んでも新羅をとりこみ、背水の陣を敷いて大和（奈良県）に盤踞する蓋蘇文（がいそぶん）こと大海人皇子に、天智天皇の勝ち目はないとみていたようだ。大海人皇子は唐国の後盾はなくても、東アジアで最も恐れられる存在だったことが、この『書紀』の人々の噂から察せられる。

新羅は文武（ぶんぶ）王時代になって着々と大海人皇子援護の準備を始めた。同六六八（天智七）年九月、新羅使者が来日し、中臣鎌足（なかとみのかまたり）は人々の反対を押しきって新羅将金庾信（きんゆしん）に船を贈った。大海人皇子が挙兵した際、新羅軍が救援に来るための船と思われる。

この事実を許せなかった天智天皇は翌年一〇月、鎌足を賜死させた（『白虎と青龍』）。六六九（天智八）年一月条に、天智天皇は腹心の蘇我赤兄を筑紫率に任命したとある。大海人皇子によって筑紫率に任命された栗隈王が、北九州で外国勢を迎え入れるのを阻止するために、あらためて天智天皇は赤兄を筑紫率に任命したのだろう。しかし、二年後の六七一（天智一〇）年一一月には、赤兄は左大臣として近江にいた。実際には赤兄は北九州に行かなかったとみられる。赤兄が大宰府に行っていないのは、同天智八年の是歳条に、大海人皇子側の外国勢である郭務悰ら二千人余が筑紫に来日したとあることによってもわかる。郭務悰等は「壬申の乱」の最中、大海人皇子側として倭国に滞在しているから、彼等を筑紫に滞在させたのは、筑紫率として筑紫にあった大海人皇子側の栗隈王をおいてないのである。郭務悰の来日によって、大海人皇子側による近江朝包囲網が形成されたのだから、郭務悰の大海人皇子への貢献は大きいといえる。

　大海人皇子側は、新羅や中国東北部在住の唐人などの武力による外圧で、天智天皇を圧倒しようとし、天智天皇側は唐国に認知された倭王としての権限で、倭国内の軍事力をもって大海人皇子を押さえ込もうとしていたのである。

当時の倭国内の体制は、天智天皇が即位したからには天智朝に収斂する傾向にあったようだが、収まって困るのは大海人皇子である。

『書紀』では、天智天皇は天智一〇（六七一）年一二月に没したことになっている。しかし私は前年の天智九（六七〇）年六月条に、「上は黄色で下は黒、背中に『申』の字が書かれた亀が現われた」とある時に、天智天皇は近江朝から姿を消したと思っている。中国では天は黒で、黄は土だから、天地が逆さまになるという暗示なのである。「申」は「日を貫く」字だからクーデターを暗示している。要するに『書紀』は亀の出現を記述し、この時をもって天智朝がクーデターによって崩壊した事実をいわんとしているのである。

亀の出現以後、『書紀』は半年間にわたって沈黙し、翌天智一〇年一月、大友皇子が太政大臣になったとある。大友皇子が即位したとは出ていないにもかかわらず、大友皇子は明治政府によって即位したとされ、弘文天皇と諡された。この後、大友皇子の即位の記述はないから、大友皇子が即位したとするなら、この時以外に考えられない。

同じ『書紀』に「東宮太皇弟奉宣して（或本に云はく、大友皇子宣命す）冠位・法度の事を施行ひたまふ」とある。東宮太皇弟とは大海人皇子のことだから、即位式に大海人皇子は出席していたらしい。大海人皇子はこの時点では、大友皇子を即位させる代わりに傀儡にして、岳父として近江朝の実権を握ろうとしていたようだ。古注には大友皇子が宣命したとあるが、宣命にミコトノリと振仮名している。ミコトノリとは天皇が下す詔をいう。やはり大友皇子は天智一〇（六七一）年一月に正式に即位していたのである。

ところが『書紀』によれば、この年は天智一〇年で、天智天皇は生存していることになっている。大友皇子が即位したとするなら、『書紀』の記載は誤りとしなければならない。明治政府が大友皇子の即位を認めたにもかかわらず、日本古代史の専門家すべてが大友皇子即位を支持しない理由は、このあたりにあるようだ。

しかし私は明治政府の判断が正しかったと思う。『書紀』は天智朝が続いているようにみせかけているのだ。天智天皇の死の前後について、平安時代から鎌倉時代にかけての史料は不可解な記述を残している。代表的なのは『水鏡』で、ある日、天智天皇は馬に乗って山科に出かけ、林の中で行方不明になった。ただ沓が落ちていたので、沓を陵に埋葬したという伝承を載せている。私は後世の史料だが、『月刈藻集』（上『続群書類従』巻九六〇）の記述が真実を伝えているように思う。それには、「三十九代天智天王退位七年、土佐國於朝倉黒木御所運リ行幸ス。用二倹約一ヲ故歟。號二木丸殿一ト」と、天智天皇は退位七年にして、土佐国の朝倉に粗末な黒木御所を作り、行ったとある。

それを裏づけるのが『書紀』の天武四（六七五）年三月条に、突然、土佐大神が神刀を天皇に贈ったとあることだ。この神刀とは草薙剣をいうらしい。草薙剣は天智天皇が即位した六六八（天智称制七）年是歳条に、新羅僧の道行という人が盗んで新羅に帰国しようとしたが、失敗したとある刀である。

現在、天皇のしるしは剣・鏡・玉と三種あると考えられているが、持統朝では剣と鏡、奈良時代の聖武朝では璽（印鑑）と鈴だった。三種と規定されるようになったのは平安時代に入ってからである。おそらく天智朝から天武朝にかけての天皇位を象徴する品物は草薙剣のみだったのだろう。

天智天皇が即位した年に草薙剣を盗ませたのは、大海人皇子に違いない。大海人皇子が新羅僧を使って盗ませようとして失敗したのだろう。そして『書紀』には天武四（六七五）年になって突然、土佐国から神刀、つまり草薙剣が天武天皇に贈られたとある。

私は天智天皇は山科で捕縛され、最後に『月刈藻集』のいうように、土佐国に押し込められたと考えている。天智天皇が捕縛されたのは、不思議な亀の出現で暗示している六七〇年六月のことと思われるから、足掛け六年目の六七五年に、天智天皇はようやく草薙剣を天武天皇に渡すことを決意したのだろう（『白虎と青龍』）。

しかし、この時まで天智天皇が草薙剣を所持できたかどうかは疑わしい。譲位すると表明しただけで、『書紀』が草薙剣に天皇位の象徴的意味を持たせて記述しているだけかもしれない。私が『月刈藻集』を重要視するのは、「天智天王退位七年」とあることだ。

退位七年とは、天智天皇が捕縛されたのが六七〇年として七年後の六七六（天武五）年である。草薙剣は前年の六七五（天武四）年に天武天皇の手に渡った。『月刈藻集』では、この年、つまり退位七年に土佐国の朝倉に黒木の御所を建てたとある。天智天皇が実際にそこに住んだのか、殺されてそこに祀られたのを意味するのかは定めがたい。

私の推測では、六七六年頃、天智天皇は土佐で殺された。なぜなら天武天皇が草薙剣を手に入れた、あるいは譲位の表明を得た上は、もはや天武天皇にとって天智天皇は生かしておけない存在だからだ。天に二つの日はいらないのである。

ではなぜ、この時までに捕縛しながら天智天皇を殺さなかったのか。それは目前に迫った「壬申の乱」において、私が実際は天智天皇の子と推測している高市皇子の協力が必要だったからである。天武天皇は、高市皇子の協力を得るためには、天智天皇を殺すわけにいかなかったのだ。高市皇子としても、大友朝を滅ぼして自分が即位したいが、父親殺しの汚名を着たくはなかったのではないか。

■「青旗の…」皇后倭姫の歌と「天智天皇拉致」

『万葉集』に天智天皇が急病になった時の大后、つまり古人大兄皇子の娘で、天智天皇の皇后倭姫の歌が死者を弔う挽歌の条（巻二―一四八）に載っている。

一書に曰はく、近江天皇、聖躰不豫御病急かなる時、大后の奉献る御歌一首

148 青旗の木幡の上をかよふとは目には見れども直に逢はぬかも

一書曰、近江天皇、聖躰不豫御病急時、太后奉獻御歌一首

青旗乃　木旗能上乎　賀欲布跡羽　目尒者雖視　直尒不相香裳

直訳すれば「青旗の（青々とした）山科の木幡の上を行く（天智天皇の魂が）、私の目にははっきり見えるけれども、逢うことはできない」という意味である。不予、つまり病とありながら、この歌が挽歌の条にあるところからみて、天智天皇の死後の歌のようである。天智天皇は不予と公表された時には、すでに没したとされていたので

ある。

そしてこの倭姫の歌には大海人皇子を表わす木徳の「青」と、地名の木幡で「木」を織り込んでいる。倭姫は間接的に大海人皇子が犯人と指摘しているのだ。

李寧熙氏（『甦える万葉集』）は倭姫の歌を朝鮮語で次のように訓読している。

「『青』（大海人）にやられた。遺言なさる天皇を見つけ、駕籠（かご）に留め、お乗せしたが、すぐ息をお引きとりになりました。まことに可哀想でした」

犯人は大海人皇子というのは私の意見と同じだが、私は天智天皇はこの時には殺されていないと思っている。『書紀』には天智天皇が出かけて不意に没したとは出ておらず、天智一〇年九月条に天皇が病になったとみえるから、後代の人々は当然のように天智天皇は近江宮で病没したと思っていたし、当時の人々でもほとんどは内情を知らないから近江朝の発表をそのまま受け取っていただろう。

当然、天智天皇の皇后倭姫の立場は違っている。倭姫は当事者として、天智天皇が山科に出かけ、大海人皇子に拉致（らち）されたという情報を信じて、この歌を作ったと私は思う。

それは『水鏡』の記述とほぼ同じである。こうしてみると、天智天皇は山科に行って、大海人皇子に拉致されたという情報が当時から存在していたことが、この倭姫の歌の朝鮮語の訓読みによって証明される。そして『水鏡』は後代に書かれた書ではあるが、正史には出せない伝承を記録していることもわかり、後世の民間の伝承を史料ではないと切り捨てるわけにいかないことも納得されるだろう。

■「かからむの懐（こころ）知りせば…」額田王が案じた「父親殺し」

しかし額田王は倭姫とは別の推測をしていた。天智天皇は捕縛された。犯人は大海人皇子ではなく高市皇子だというのである。天智天皇の葬儀の時の額田王の歌（巻二—一五二）がそれを証明する。

天皇の大殯（おほあらき）の時の歌二首

151 かからむの懐（こころ）知りせば大御船（おほみふね）泊（は）てし泊（とま）りに標結（しめゆ）はましを　額田王

天皇大殯之時歌二首

如是有乃　懐知勢婆　大御船　泊之登万里人　標結麻思乎　額田王

表面の意味は「こうなると前からわかっているのだったら、天皇のお乗りになっている船に注連(しめ)を結んで（天皇が天路に旅立たれないように）留めたものを」となる。

李寧熙氏（『天武と持統』）の訓読によると次のようになる。

「だしぬけです。やりなおせるものならやりなおしたい。そうすれば父親殺しも止められましょうから、しめをめぐらせないでください（葬儀をしないでください）」

父親殺しに該当する語句は「大御船」である。「大」は日本の古訓では「おほ」。これを朝鮮語の親（オボ）にあてる。「御」は日本語の訓で「み」。「オボミ」と三音続けると、「父親」になる。「船」の朝鮮訓は「べ」。これを朝鮮訓の「斬る」「斬り」にあてると「オボミ・べ」は「父親斬り」または「父親殺し」になるという。

表読みでは万葉仮名の「標結麻思乎」を「シメ結はましを」と「シメを結ぶ」と肯定的なのに、李寧熙氏の朝鮮語読みでは「麻思乎」を「マシオ」と発音して「するな」と否定の意味に解釈しているのが重要な違いである。

額田王は天智天皇は捕縛されたが、まだ殺されていないとみていたのだ。そこで、やりなおしたなら父親殺しはしないですむ、と警告しているのである。

額田王が歌いかけた「天智天皇の息子」は天智天皇の系図には載っていない。大海人皇子の子とされているが、私は実際は天智天皇の子の高市皇子をおいてないと考えている。高市皇子は「壬申の乱」の時、大海人皇子側になり、大海人皇子と義理の父子となった人である（『高松塚被葬者考』）。大海人皇子と額田王との間の娘、十市皇女(とおち)は大友皇子の妃だった。しかし、後述するが、十市皇女は高市皇子と恋仲だったらしい。このことから額田王は高市皇子の動静を熟知していたようだ。

天智天皇の捕縛を命じたのは確かに大海人皇子だっただろうが、額田王の歌からみて、高市皇子はこの頃から大海人皇子に荷担していたようだ。高市皇子は年長の自分をおいて、当然のように大友皇子が立太子したのに不満だったのである。しかし高市皇子としても、父親殺しの汚名は何としても避けたかっただろう。額田王の助言もあったかもしれない。そこで天智天皇を殺さないという条件つきで、「壬申の乱」の時に大海人側に付いた可能性もある。

しかし「壬申の乱」に大海人皇子が勝利し、近江朝を滅ぼして天武天皇になるや、彼にとって天智天皇と高市皇子は邪魔ものでしかなくなった。最終的に天武天皇は天智天皇から草薙剣を取り上げ、あるいは譲位の確証を得て、すべては完了した。間もなく天智天皇は幽閉先の土佐国で密かに殺されたと私は推測している。

なぜ高市皇子の歌は済州島の方言なのか

李寧熙氏（『日本語の真相』）によると、高市皇子の歌は済州島の方言で歌われているという。私は高市皇子の母親は済州島の出身ではないかと推測していたので、「やはり、そうだったのか」とすぐに納得した。

済州島には古代から高（こう）・夫（ふ）・良（りょう）氏の三姓がいるが、李寧熙氏はその中の高氏が高市皇子の母親の出身ではないかとする。高市皇子の名に「高」があるところからみて、私もそう考える。しかし『書紀』によると、高市皇子は天武天皇の子で、母親は胸形君徳善（むなかたのきみとくぜん）の娘、尼子娘（あまこのいらつめ）とある。胸形は宗像（むなかた）氏と同じで、筑紫の宗像三神を祀る氏族である。

高市皇子個人が『書紀』に登場するのは「壬申の乱」時、吉野から近江に向かう大海人皇子を近江朝から出迎えた時である。天智天皇の庶子である高市皇子が大海人皇子側になったことで、近江朝の兵力は二分された。それまで新羅や唐人を味方にしても、大海人皇子の倭国内の軍勢は無に等しかった。

そこで大海人皇子は一度は大友皇子の岳父として、大友皇子を傀儡にし、近江朝の実権を握ろうとしたようだ。しかし大友皇子はこの時、二四歳で成人していたから、即位したからには簡単に大海人皇子の思いのままにはならなかったのだろう。まして大友皇子は唐国が公認した倭王である。大海人皇子が「壬申の乱」の前に、僧侶姿になって吉野に退去せざるを得なかったのは、大友皇子を取り巻く近江朝勢力が大海人皇子を支持しなかった証拠だろう。

しかし「壬申の乱」時に高市皇子が大海人皇子側に付くことによって、状況が一変した。大海人皇子の外国勢と近江朝における高市皇子側の国内兵力が合体したことによって、大海人皇子は「壬申の乱」に勝利することができたのである。

高市皇子は庶子ではあっても、天智天皇の長男として近江朝の主要人物だった。大海人皇子とは「壬申の乱」の時、初めて父子の契りを結んだのである。高市皇子が天武天皇の子ではなく、天智天皇の子であることは、平安時代末期の『扶桑略記（ふそうりゃっき）』の原本にも記載されているし、『白虎と青龍』などで詳述したので繰り返さない。本書では高市皇子がいつ、どこで生まれたかに焦点を当てたい。

『書紀』には高市皇子の年齢は出ていない。『公卿補任』に「持統四年七月五日任太政大臣（年卅七）。十年七月十三日薨（年四十二。或四十三）」とある。

持統四年は六九〇年だから、この年三七歳とすると、高市皇子は六五四年生まれ、持統一〇（六九六）年、四三歳没ということになる。したがって六七二年の「壬申の乱」の時、一九歳になり、今までそう考えられてきたし、私もそう思っていた。しかしそれは高市皇子の出自を考慮しなかった結果だった。

高市皇子が生まれたとされる六五四年は、白雉（はくち）五年で孝徳朝最後の年である。第Ⅰ部でも述べたが（104～105ページ）、一月には高向玄理（たかむこのくろまろ）が半ば追放されて入唐している。『書紀』（斉明七［六六一］年古注）の伊吉連博得（いきのむらじはかとこ）の記録によると、玄理と行を共にして入唐した遣唐使等は、そのほとんどが帰国できなかったが、わずかに生き残った人もいた。帰国の便を得た一部遣唐使は、帰国途上の六六一年一月、遭難して耽羅（済州島）に漂着した。六六一年一月は中大兄皇子と大海人皇子が百済再興を賭けて船出した年である。耽羅に漂着した遣唐使等は耽羅の王子阿波伎等嶋人に助けられた。遣唐使等は阿波伎を連れて帰国し、入朝したのが、耽羅との国交の始まりという。倭国と耽羅の阿波伎王子との関係は、高市皇子の生まれたとされる六五四年の玄理の入唐に根ざしていたのである。

『書紀』によると、六六一年は斉明七年だが、五月に斉明天皇が九州の朝倉宮に遷った。同月、耽羅（済州島）が初めて王子阿波伎等を遣わしたとある。こうして耽羅との国交は持統朝まで続く。

■「壬申の乱」は、実は高市皇子と大友皇子の内乱だった

先に述べたように百済王子の中大兄皇子は六四一年一一月、嶋、おそらく耽羅（済州島）に母親等と流された。そして約一年間、耽羅にあった。この時、土着の高氏の娘との間に子をなしたとしたなら、その子は六四二年か三年に生まれたことになる。

それが六六一年五月に現われた耽羅王子の阿波伎だったのではないか。

もしそうだとすると阿波伎は当時、一九〜二〇歳になるはずである。「壬申の乱」時、高市皇子は一九歳とされているが、それは阿波伎王子が六六一年、一九歳で来日したことをいうのではないか。そうすると阿波伎こと高市皇子は六四三年生まれと推定される。私が高市皇子朝と考えている持統朝では、耽羅との関係は非常に良かった。後に述べるが、高市皇子の即位に際して耽羅は軍事的援助もしたらしい。「壬申の乱」時、大海人皇子は自分の子は皆、幼くて役に立たないと嘆いている。私は高市皇子は一九歳で、当時としてはすでに大人だから、大海人皇子の言葉に疑問を持った。

中大兄皇子が六四一年一一月から約一年間、耽羅島に追放された時、高氏の娘との間になした子が六四三年生まれの阿波伎王子＝高市皇子としたなら、「壬申の乱」の時には三〇歳くらいで、当時としては中年である。『書紀』は大海人皇子の子とする高市皇子の年齢を明記できなかったはずだ。高市皇子が天智天皇の本当の意味の長男で、大友皇子の長兄だとしたら、天智天皇が没したとされた時、即位を望むのは当然ではないか。

「壬申の乱」については、現在、『書紀』の記載通り、大友皇子と叔父の大海人皇子との戦いと考えられている。しかし当時の人々は大友皇子と庶兄の高市皇子との内乱と信じていたのではないか。このことは戦い直後の賞罰を決したのが高市皇子だったと『書紀』がわざわざ明記しており、大海人皇子は即位するまで表面に立とうとしなかったことによっても想像される。

大海人皇子は、高市皇子の軍勢を戦いの最中におのれの手に掌握して、高市皇子を丸裸にすると同時に、外国勢をバックに突然、強引に即位を敢行したのである（『白虎と青龍』）。

■「み吉野の…」大海人皇子の吉野入りの歌にある謎の言葉

大海人皇子が吉野に退去した時の感慨を詠んだ本人の歌（巻一―二五）がある。

天皇の御製歌（おほみうた）

25み吉野の　耳我(みみが)の嶺(みね)に　時なくそ　雪は降りける　間(ま)なくそ　雨は零(ふ)りける　その雪の　時なきが如(ごと)　その雨の　間(ま)なきが如(ごと)　隈(くま)もおちず　思ひつつぞ來(こ)し　その山道を

天皇御製歌

三吉野之　耳我嶺尓　時無曾　雪者落家留　間無曾　雨者零計類　其雪乃　時無如　其雨乃　間無如　隈毛不落　念乍叙來　其山道乎

普通の解釈では「み吉野の耳我(みみが)の嶺に絶え間なく雪は降る。休みなく雨も降る。その雪の絶え間ないように、雨の休みなく降るように、隈(くま)も落ちず、思いつつ来た、この山道を」となる。この歌は非常にわかりやすい歌だが「隈も落ちず」という句だけわかりにくい。実はこのフレーズがターニングポイントなのである。

万葉仮名では「隈毛不落」とある。李寧熙氏は隈を狛（コマ）、つまり高句麗と解釈した。「毛」は古代朝鮮語の訓で「トウル」、あるいは「テル」と読み、季節を意味するという。「不」は「ブル」、「落」は日本語の訓で「オチ」、四字すべてを集めると

「クマ、トウル、ブル、オチ」で、直訳すると「くまの季節の風が吹いている」、意訳すると「高句麗の時代がやってくる」という意味になるという。全体の意訳は次のようになる。

「水の吉野に行こう。そのみやだけに（戦いが長くなりそうだ。胸がつぶれそうだ）出発しよう。しかし悲しくておいそれと行かれようか。逢う日を期そう。無念でこのまま行ってしまうことができようか。ああ悲しい。でも発つことにしよう。ああ無念だ。また逢うことにしよう。くまの季節が必ずやって来る。重詐立つ（私注・幸運を願い）。だから廻り道もして行こう」

この歌は表からみてもわかるが、朝鮮語読みすると、より鮮明に失意のどん底にあった大海人皇子が自らを励まし、勇気づけながら吉野に行った様子がわかる。大海人皇子は世の人が噂するほど絶対的な自信を持って倭国にいたわけではなかったようだ。

大海人皇子が吉野に籠もるという最悪の事態の時に、高市皇子は行を共にしていない。高市皇子は大海人皇子が吉野を出てから兵を合流させている。このような緊急事態の時、息子であれば当然、父親と共に行動するはずではないか。

もっとも大津皇子も大海人皇子に付いて行っていないが、大津皇子の母は天智天皇の娘だし、年齢も当時は一一歳くらいの未成年だから、簡単に父親と行を共にできなかったことは想像できる。高市皇子の場合は母親が耽羅の人だから、なんら支障なく父親と同じ行動をとってもよいのではないか。古人皇子の場合は娘を除いて、一族すべてが吉野で殺されているのだ。近江朝は大海人皇子を追放しながら、なぜ長子の高市皇子は最初から大海人皇子と行を共にしなかったのか。それこそが高市皇子が天智天皇の子だったことを証明している。高市皇子は天智天皇の子で、大海人皇子の子ではなかった証拠の一つだ。

即位をめぐる天武と高市の暗闘

『書紀』には六六一年五月、阿波伎（あはき）が来日したとあって帰国したとは出ていない。阿波伎＝高市皇子は当時、一九歳だから、百済再興に際して、父親の中大兄皇子の手助けをして、そのまま倭国に定着したとみられる。

耽羅との往来の記載もこの時以後、天智四（六六五）年八月までみえない。天智四年八月条に耽羅使者が来たとあるが、場所は記されていない。ただしこの頃、中大兄皇子は大野城を築城して筑紫にいたらしいから、筑紫に来日したのだろう。この耽羅使者は翌年正月、貢上したとある耽羅王子の姑如と思われる。姑如も阿波伎同様、帰国したという記載はない。おそらく当時、中大兄皇子は、高句麗と新羅をバックに間人皇女を擁立して大和にいる大海人皇子に対抗するため、耽羅勢を借りようとして、彼らを倭国に呼び寄せたのだろう。

天智八（六六九）年三月になると、耽羅王子の久麻伎等が貢上したので、五穀の種を贈ったという。久麻伎の場合はすぐに帰国したとある。六六九年といえば、すでに天智天皇が近江で即位しており、大海人皇子はクーデター以外に天智朝打倒の対策はない時期だった。天智天皇は耽羅の久麻伎等に五穀の種を贈って耽羅国の食料事情を安定させ、いざという時のために備えさせようとしたのだろう。

「壬申の乱」の時、耽羅がどのような動きをしたかわからないが、阿波伎こと高市皇子が大海人皇子側に付いたので混乱したことだけは想像できる。それ以上に、耽羅の人々は戦いが大海人・高市皇子連合の勝利に終わると、当然、高市皇子が即位すると思っていただろうから、大海人皇子が即位したことに仰天しただろう。

　大海人皇子が即位した六七三（天武二）年閏六月条に、耽羅が王子久麻伎（芸）・都羅・宇麻等を遣わして朝貢してきたとある。耽羅は高市皇子の即位のために尽力したので、朝貢というより抗議に来日したらしい。そこのところを心得ている天武天皇は耽羅勢に容赦しなかった。同年八月条に、天武天皇は、この後は賀使を除く他は耽羅使者を呼ばない、早く帰国せよと大宰率に命じさせたとある。耽羅勢は入京を許されず筑紫から帰国したのである。

　そしてこの条よりみて、耽羅使者の来日の目的は天武天皇即位の賀使ではなかったことも明らかである。大海人皇子が即位したことへの抗議の軍勢だった可能性は高い。

　天武朝は耽羅使者を賀使ではないと拒絶したのである。ただし耽羅国王と久麻伎に佐平の位を与えたとある。佐平は百済の官位だから、その頃、耽羅は明らかに百済系の天智朝側にあったことがわかる。この時期、百済はとうに滅びているから佐平の位階も高市皇子が独断で授与したのかもしれない。

天武天皇としては、天智天皇の息子である高市皇子の救援を得て、大友皇子の近江朝に勝利したからには、いかに目障りでも高市皇子自身を理由もなく追放するわけにはいかない。天武天皇が即位した時点で、天武朝にとって高市皇子は獅子身中の虫になったのである。

天武天皇と高市皇子の暗闘の第二の山場は、天智天皇が譲位を表明して土佐から神刀が献上された六七五（天武四）年にくる。八月に久麻伎が再び筑紫に来日したとある。九月には耽羅王（ここでは王とある）の姑如（こにょ）が難波に到着したという。高市皇子が耽羅勢を呼び寄せ、密かに天武朝転覆を図ったと思われる。

高市皇子は、天智天皇が譲位を表明したこの時こそ、自分が即位する最後の機会と読んだようである。

翌六七六（天武五）年二月条に耽羅客に船を給（たま）うとある。これは高市皇子が耽羅王子の都羅に天武朝攻略のために与えた船らしく、都羅は翌（六七七）年八月に朝貢したとある。さらに翌六七八（天武七）年正月には「耽羅人、京に向く」とある。『書紀』には、その直前に「南門に射くふ」と戦時体制に入った様子があるので、都羅の入京の真の目的は天武朝を武力で崩壊させ、高市皇子即位を実現しようという目的だったとみえる。

一刻の猶予もなくなった天武天皇は耽羅本島を攻めることにした。「新羅本紀」には翌六七九（文武王一九）年二月、文武王は使者を派遣して耽羅国を経略させたとある。この使者とは倭国から行った軍勢だったらしく、同六七九（天武八）年九月条に、「耽羅に遣わせる使人等、返りて共に朝庭拝みす」とある。特に「朝庭拝みす」とある時は戦いに勝利して凱旋した時に行なわれる儀式である。ここで耽羅は一旦、天武朝と新羅によって滅ぼされたのである。

同時に天武天皇は高市皇子の謀反心を封じ込めるため、同年五月、高市皇子を草壁・大津皇子に続く第三の即位継承者として吉野で盟約させた。耽羅が天武天皇・文武王連合に占領されると、高市皇子も皇位継承三番目の地位に甘んじる他、道はなかったようだ。

しかし、唐国は東アジアにおける天武天皇・文武王父子の専断を許さなかった。唐国は新羅に圧力をかけ、六八一年、文武王は自ら死んだことにして倭国に亡命せざるを得なくなった。

翌六八二（天武一一）年八月、唐国勢力を主体にした軍勢に大和を追われた天武天皇は、日本海から中国東北部に逃亡途上、殺された（『白村江の戦いと壬申の乱』）。

本来なら天武天皇没後、皇位継承第一位の草壁皇子が即位してしかるべきだが、母親が天智天皇の娘である大津皇子が翌六八三（天武一二）年一月に即位したらしい。大津皇子即位には唐国の意向と、国内では文武王・鸕野皇女・草壁皇子連合と対立する高市皇子の支持があったと思われる（『白虎と青龍』）。

しかし、天智天皇の事実上の長子である高市皇子は、即位をあきらめたわけではなかったらしい。大津朝の六八四（天武一三）年一〇月条には耽羅に使者を送ったとある。翌六八五年八月に彼らは帰国したとあるが、おそらく高市皇子の密命をうけ、この間、耽羅にあって高市皇子即位のための援軍の派遣を検討していたのだろう。

実際に耽羅が動いたのは三年後の六八八（持統二）年九月だった。すでに大津皇子は高市皇子等によって粛清され、草壁皇子が残るだけだった。草壁皇子・鸕野皇女母子と亡命した文武王が結んで、高市皇子と政争を繰り広げる空位時代だった。この時、耽羅の佐平加羅を筑紫館で饗宴したとあるが、加羅等がいつ、帰国したか記録にない。私の考えでは持統朝とは高市朝だから、おそらく彼等は二年後の六九〇（持統四）年の高市皇子即位に尽力したのだろう。

加羅のみならず、当然ながら高市皇子の阿波伎、そして耽羅王の姑如や王子の久麻伎・都羅も帰国したという記述はない。おそらく高市皇子側にあった、これら耽羅の主要人物は持統朝になって倭国に定着したと思われる。

この後、六九三（持統七）年一一月条に、耽羅王子（欠名）と佐平（欠名）がそれぞれ贈物を賜ったとあるのを最後に国としての耽羅は消えた。三年足らず後の六九六年七月、高市皇子も没した。

以後、耽羅は耽羅国ではなく、新羅に属した島としてだけの存在に変貌したのである。

■『日本書紀』は、なぜ高市の即位を抹消したのか

おそらく皇位にあった大津皇子が殺され、皇太子の草壁皇子が没すると、残る皇位継承者は天武天皇に第三の候補者として公認された高市皇子のみだった。

ふつうは鸕野皇女が持統天皇と考えられているが、私は持統朝とは高市皇子が天皇だった時代と考えている。鸕野皇女は『続日本紀』にも明記されているように、文武天皇と並んで治世したことから、後に太上天皇と呼ばれたに過ぎないのである。

高市皇子の持統朝が、鸕野皇女の即位時代として『書紀』によって抹消された理由は、高市皇子の長子の長屋王が天武天皇皇子の舎人（とねり）皇子や藤原一族など、元明（げんめい）朝・聖武（しょうむ）朝の形成者によって、一族もろとも滅ぼされたからである。

高市皇子が天皇なら、その長子の長屋王は即位してしかるべきではないか。その長屋王を殺したとなると、後にくる元明・聖武朝は簒奪（さんだつ）王朝ということになる。山背朝や古人朝が抹殺されたと同じ理由で、長屋王滅亡の張本人であり、『書紀』の編纂者でもある舎人皇子等は高市皇子の持統朝を鸕野皇女朝に改竄（かいざん）したのである。

天智系高市持統朝は、当然ながら唐国との関係はよかった。それは『書紀』にも、

持統朝が成立した六九〇年、唐国から僧侶が来日し、「白村江の戦い」の時、唐国の捕虜になった倭人が帰国するとあるなど、急速に唐国との関係が修復に向かっていることによってわかる。

第二章　天武天皇への呪い

■「壬申の乱」でスパイを働いた皇女

平安時代末の『宇治拾遺物語』（巻十五—一）に次のような話が載っている。

吉野に去った大海人皇子を「虎に羽をつけて野に放つようなものだ。同じ近江京にいるからこそ、近江朝は大海人皇子を思いのままにすることができたのだ」という近江朝の人の意見に大友皇子はなるほどと思い、軍勢を整えて吉野に迎えに行き、大海人皇子を殺す計画をした。ここに近江朝の計画を知った大友皇子の妃で、大海人皇子の娘の十市皇女は、吉野の父に報告するため包み焼きの鮒の腹に手紙を入れ、吉野に送り届けさせた。

十市皇女の知らせを読んだ大海人皇子は密かに一人で山を下りて北に向かい、山城国の田原（京都府綴喜郡宇治田原町）にたどり着いた。里人は高坏にゆでた栗と焼いた栗を入れて大海人皇子に差し上げた。大海人皇子はこの栗を「かたやま」のそばに埋めた。この栗は芽生え、今でも田原の栗として天皇家に献上されている。

それから大海人皇子は志摩国（三重県）に行ったとされる。そこで喉が渇き、水を求めた。国人の高階氏が水を捧げると「お前の一族をこの国の国守にしよう」といった。志摩国を去った大海人皇子は美濃国の「すのまた」の渡しにたどり着いた。この時、美濃国まで追って来た大友皇子勢を「すのまた」の女が策略で追い払った。

そこで大海人皇子はこの辺で兵員を集められないだろうかと女に相談したところ、女は二、三千人ばかりの兵を集めたので、その兵をもって近江朝を滅ぼした。「すのまた」の女は美濃国不破の明神（岐阜県不破郡垂井町の仲山金山彦神社）といわれているというのである。

十市皇女が鮒の包み焼きに入れた手紙を託したとある話は事実のようにみえるが、大海人皇子が一人で山城国から志摩国、美濃国に行ったという話は『書紀』の「壬申の乱」の時の記載とは違い、信憑性はない。したがって十市皇女が父の大海人皇子に密かに近江朝の情報を伝えたという話も歴史的にとり上げられることは少ない。

しかし『宇治拾遺物語』は、随所に示唆に富む暗示をしている。まず山城国田原の栗だが、栗はクリで句麗、つまり高句麗を意味する。ここで大海人皇子が高句麗と縁の深い人物であることをいわんとしたのだ。次いで大海人皇子が志摩に行った時、大海人皇子に水を飲ませたのは高階氏だった。高階氏は高市皇子の後裔である。天智天皇は金徳の人だから、五行説にしたがえば、次の大友皇子は水徳である。高階氏が大海人皇子に水をあげたという行為は、高市皇子が水徳の大友皇子を差し出した暗示と受け取れる。

「壬申の乱」の時、十市皇女が密かに父の大海人皇子に近江朝の情勢を知らせたことを私は否定はできないと思う。父娘であれば、夫の大友皇子を裏切ることはあり得よう。

蘇我一族に擁立されたと私が考えている古人皇子は、「乙巳の変」で蘇我一族が滅ぼされた後、吉野に籠もった。しかし中大兄皇子等によって一族は滅ぼされた。

そのように、十市皇女の知らせがなくても、吉野に長期、滞在すれば、近江朝の軍勢が攻め寄せることぐらい、百戦練磨の大海人皇子は百も承知のはずである。彼は新羅と唐人の軍勢が筑紫から近江近くに東上して来る時期を待っていたのだ。その時期については新羅と唐人の密使が吉野にもたらしただろう。

十市皇女の役目は、大海人皇子と内通する近江朝の高市皇子の報告の仲介をし、同時に高市皇子の動静を伝えることにあったと私は推測している。大海人皇子としては、天智天皇の子である高市皇子を信用しきれないのは当然だろう。そこで十市皇女を使って高市皇子の動きを報告させたのではないか。

しかし十市皇女は大友皇子の妃である。高市皇子と同じ近江朝にいたにしても、高市皇子は特に大友皇子周辺には警戒して極秘に行動したに違いない。しかも当時、身分の高い男女は親戚であっても直接、接触する機会はないはずである。ところが十市皇女は父親の大海人皇子を満足させる報告をしたと私は考えている。

なぜなら十市皇女は、大友皇子の妃になる前から高市皇子とは恋仲で、高市皇子が近江朝に反旗を翻（ひるがえ）したのは十市皇女が大友妃になったのも原因の一つだったと推測されるからである。

それについて次に説明したい。

■「河上のゆつ岩群に…」皇女の密通をたしなめる歌

土佐から神刀が献上され、天智天皇が譲位を表明したと思われる天武四（六七五）年、先に述べたように、高市皇子は自分が即位可能な最後の機会ととらえていたようだ。

『書紀』には二月に十市皇女と阿閉（阿部。後の元明天皇）が伊勢神宮に行ったとある。いうまでもなく伊勢神宮の斎宮は一人のはずである。ところが、すでに天武二（六七三）年、母が天智天皇の娘で、大津皇子の姉の大来（伯）皇女が斎宮として伊勢神宮に行っている。

他に朱鳥元（六八六）年四月、多紀皇女（天武天皇の娘。志貴皇子の室）と山背姫王・石川夫人（蘇我赤兄の娘大蕤娘）が伊勢神宮に遣わされたとある。三人同時ということは、いずれにしても斎宮として行ったのではないことは確かである。ただし多紀皇女等は翌月帰ったとある。

しかし天武朝では、女性が伊勢神宮に行くのは追放を意味していたと私は考えている。男性でいうならば流罪に該当しよう。多紀皇女はともかくも、十市皇女が帰った

【天智、天武の子供たち】
（主要人物のみ）

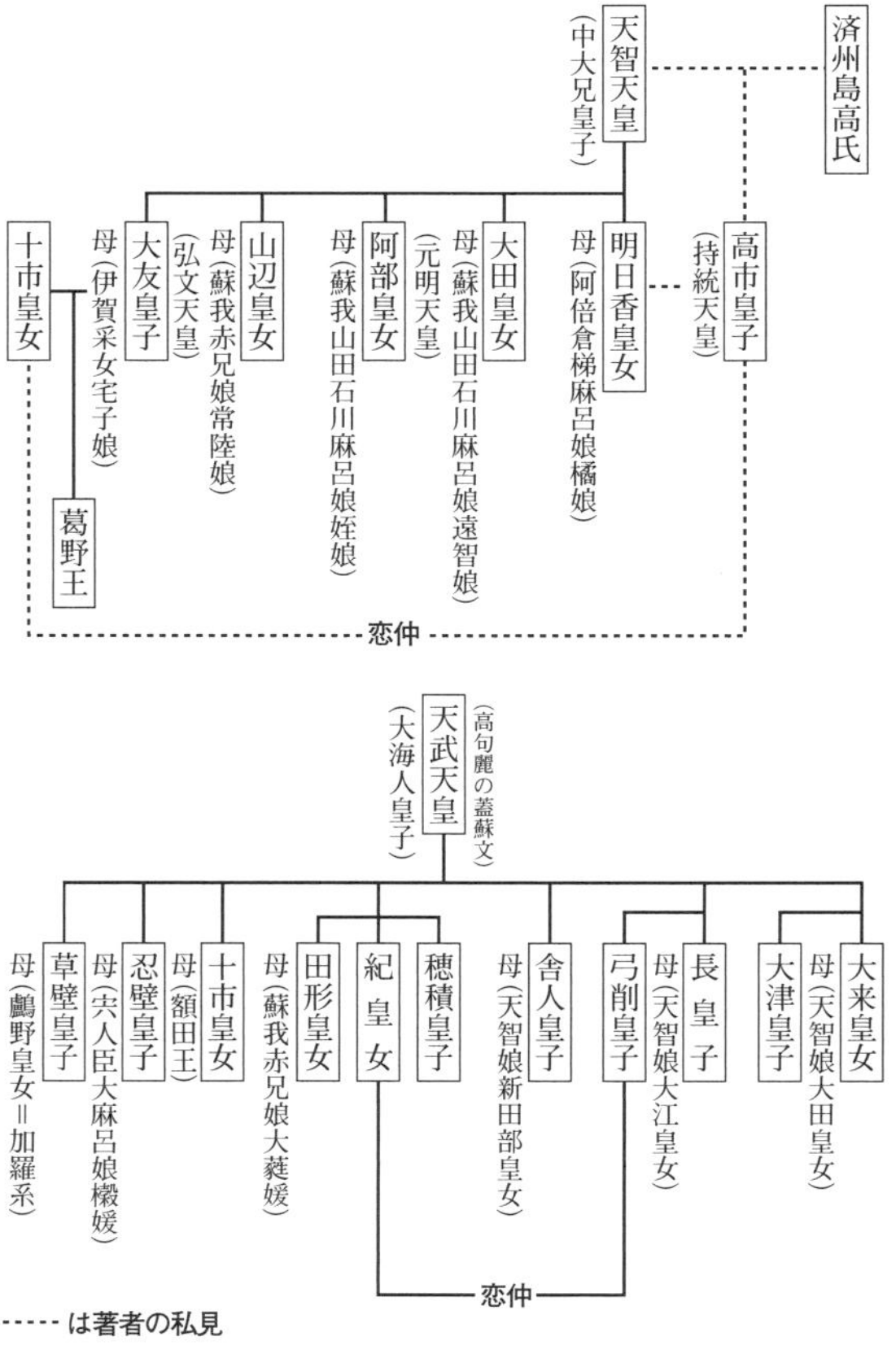

かどうかはわからない。

「壬申の乱」の戦いに貢献した十市皇女がなぜ、父親の天武天皇に遠ざけられたのか。それは十市皇女が伊勢に行く時の歌（巻一―二二）が説明している。

十市皇女、伊勢の神宮に參赴りし時、波多の横山の巖を見て、吹芡刀自の作る歌

22 河上のゆつ岩群に草生さず常にもがもな常處女にて

吹芡刀自未だ詳らかならず。ただし、紀に曰はく、天皇四年乙亥の春二月乙亥の朔の丁亥、十市皇女、阿閉皇女、伊勢の神宮に參赴るといへり。

十市皇女參二赴於伊勢神宮一時、見二波多横山巖一吹芡刀自作歌

河上乃　湯都盤村二　草武左受　常丹毛冀名　常處女煑手

吹芡刀自未レ詳也。但、紀曰、天皇四年乙亥春二月乙亥朔丁亥、十市皇女、阿閇皇女、參二赴於伊勢神宮一。

作者の吹芡刀自については未詳とある。歌の意味は、河上の神聖な岩には草は生えない。そのように常に処女であってほしいものだという願望をこめて十市皇女に贈った歌である。

この歌で十市皇女が天武天皇の怒りを買った理由がわかる。伊勢神宮に行くからには、斎宮でなくとも、女性は男女関係を慎むのは当然だろう。それをことさらに吹芡刀自が強調しているのは、十市皇女が男女関係の禁忌に触れて罪を得たことを意味しよう。

十市皇女が伊勢に行った六七五（天武四）年は、高市皇子が耽羅(たむら)勢を呼び寄せ、天武朝打倒の最後のチャンスと暗躍した時だった。同じこの年、天武天皇が十市皇女を伊勢に追放したのは高市皇子との仲を疑ったからだろう。「壬申の乱」の時は、天武天皇と高市皇子は近江朝に対して共闘していた。十市皇女も父親の天武天皇と高市皇子のために働いた。

しかし「壬申の乱」が終わり、天武天皇が即位するという予想外の事態になって、高市皇子は天武朝打倒に腐心するようになった。つまり天武天皇にとって、高市皇子はもっとも警戒すべき敵となったのである。そこで高市皇子と関係のあった十市皇女が高市皇子のために暗躍しているのではないかと疑ったのではないか。

ついに天武天皇は、十市皇女が大友皇子の未亡人であるという理由をつけて、高市皇子との関係を断つべく伊勢に追放したと推測される。吹芡刀自とは何者かわからないが、十市皇女に近い人だったのだろう。十市皇女が伊勢に行っても、高市皇子との関係を絶たないのではないかと心配して、右のように純潔であってほしいとの歌を贈ったのだろう。しかし吹芡刀自の心配は現実になった。

『書紀』は十市皇女の死の前後を次のように記している。

十市皇女が伊勢に行った約三年後の六七八（天武七）年一月、耽羅王子の都羅、つまり高市皇子の済州島勢が天武朝転覆のため大和に迫った。天武天皇は耽羅勢を避けようとしたのか、『書紀』には斎宮を倉梯（くらはし）川（桜井市を流れる）の河上に建て、そこに四月一日に出発しようとしたとある。午前四時、先払いは動き出し、百官は列を作っていた。天武天皇の乗輿（のりこし）は扉を閉めたが、まだ動き出していなかった。突然、十市皇女が急病になり宮中で没したという連絡が入った。そこで天武天皇の出発は急遽、中止されたという。

十市皇女本人が伊勢から帰ったという記録はないから、十市皇女が没した宮中とは伊勢神宮をいうのだろう。伊勢神宮に追放されたまま十市皇女は劇的な死を遂げたのである。

『書紀』の同年一〇月一日条に、綿のようなものが難波に降ってきて、風に吹かれて松原と葦原に翻った。時の人は、それを甘露だといったとある。事実、甘露が降ったかどうかに意味はない。『書紀』が甘露について記載しているのには理由がある。

中国の三国時代の呉国は孫堅から始まるが、息子の孫権が没すると、宮中内の勢力争いが熾烈になる。権の息子の孫休が二五八年に即位したが、蜀が滅び、魏の圧力が強くなった二六四年七月に没した。次いで呉王になったのは権の孫の孫皓だが、皓が即位できたのは休の皇后である朱氏の承認があったからだった。

孫皓は即位するや、二六五年四月に甘露が降ったとの報告を受け、甘露元年と改元した。同年七月、皓は朱氏を理由もなく殺した。人々は無実の罪で殺された朱氏を悼んだという（『三国志』呉書）。

『書紀』は『三国志』を参考にして、甘露と無実の罪で殺される高貴な女性をセットさせている。甘露の記述からみて十市皇女は病没ではなく殺されたらしい。

十市皇女は高市皇子との関係で父親の天武天皇の逆鱗に触れ、殺されたようだ。おそらく伊勢に行っても高市皇子との関係は切れていなかったのだろう。

■「三諸の神の神杉…」十市皇女を毒殺したのは誰か

『万葉集』に十市皇女を悼む高市皇子の悲痛な歌(巻二―一五六～一五八)がある。

十市皇女薨りましし時、高市皇子尊の御作歌三首

156
三諸の神の神杉夢にだに見むとすれども寝ねぬ夜ぞ多き

十市皇女薨時、高市皇子尊御作歌三首

三諸之　神之神須疑　已具耳矣自得見監乍共　不寝夜叙多

157
三輪山の山邊眞麻木綿短木綿かくのみ故に長しと思ひき

神山之　山邊眞麻木綿　短木綿　如此耳故尓　長等思伎

158 山振の立ち儀ひたる山清水酌みに行かめど道の知らなく

紀に曰はく、七年戊寅夏四月丁亥の朔の癸巳、十市皇女卒然病發りて宮の中に薨りましぬといへり。

山振之　立儀足　山清水　酌尓雖行　道之白鳴

紀曰、七年戊寅夏四月丁亥朔癸巳、十市皇女卒然病發薨㆓於宮中㆒。

一五七の「三輪山」は天武天皇を指しているようだ。なぜならば、三輪山と天武天皇は次のように関係づけられるからである。

大物主神の子孫、オオタタネコを祀る三輪山は、夜ごと女性のもとを訪れる男を糸で追うと、動物（三輪山では蛇）だったという北東アジア特有の神婚譚が伝承されている。清朝の「ヌルハチ伝説」とも共通した、この伝承からみて、大物主神は帰化人系だったのではないかという説（松前健『日本神話と朝鮮』）がある。

三輪山の頂上には孝昭天皇を祭神とする高宮（たかみや）神社がある。高宮の「高」は高句麗を暗示していると思われる。三輪山を天武天皇になぞらえて別れを惜しんだ額田王の歌（巻一－一七）からみても、三輪山は天武天皇を表意した山であると想像される。

一五六の歌は上の句の「三諸（みもろ）の神の神杉」と下の句につながりがない。上の句は十市皇女が天武天皇の許にあった事実をいわんとしたのである。

「天武天皇の許にあって亡くなった十市皇女を、せめて夢に見たいものだが、眠れない夜が多いので、夢で逢うことすらできない」という意味の歌である。

一般的には、高市皇子と十市皇女の父は天武天皇であり、父を同じくする異母兄妹とされている。奈良時代に入ってからは異母兄妹の恋はあるが、この時代はまだアジア全体の風習として兄妹の恋はタブーだった。しかし私の説では高市皇子は天智天皇の子だから、両者の恋はタブーではない。

「壬申の乱」時、三〇歳だった高市皇子は、この年、二五歳で没した大友皇子より五歳くらい年長である。十市皇女は大友皇子より一～二歳、上かもしれないが、同年代と推定される。十市皇女が大友皇子妃になる前、年長の高市皇子と恋仲になっていたとしても不思議はない。この歌で、高市皇子は夢でもいいから逢いたいと願っている。この内容からみて十市皇女が高市皇子の妹とはとても思われず、恋人以外に考えられない。

高市皇子の、天武への呪い

李寧熙氏(『日本語の真相』)は、この高市皇子の歌は済州島なまりで次のような意味があるという。

「お墓の土が乾いています。行かれるのですね、あなたは。すぐまた、お逢いできるようお祈りしましょう。毒を呑ませ、とうとう逝かせてしまいました」

李寧熙氏によると、三輪山に三諸を使っているのは、訓読みの「もろ」が朝鮮南部の方言の「乾く」という意味の「モロ」にあたるからという。「三諸之」で「ミモロシ」と発音し「水が乾く」となるという。

先に述べたように、天武天皇は「耳」で表意されているように水徳の人でもあった。天武天皇は、本来、木徳の人である。しかし漢の高祖が、国としての火徳と個人としての木徳と、五徳のうち二つを表意していたのと同じように、水徳も包持した人だった。ここで高市皇子は三輪山を三諸と記して「水がなくなる」と天武天皇を呪っているのである。

次の「神之神」は生粋の現在の済州島の方言で「ガムスガン」で、「行かれるのですか」という意味だという。杉はスギと発音するが、かつての朝鮮南部でもスギの発音は「すぐ」「早く」「近々」と現在の日本語の「すぐに」という意味と同じであるという。

つづく「已具耳」は和訳（岩波・昭和四五年版）では「夢にだに」と無理な意訳をしているが、李寧煕氏は「已」は「巳」で「べム」と発音し、三字合わせて「べアムグニ」で「お逢いするよう」あるいは「お目にかかることができるように」という意味の敬語であるという。次の「矣自」は「ウイジヤ」と発音し、「唱えよう」「諳んじよう」で、「お祈りしよう」と意訳されるという。

問題なのは次の「得見監乍」で朝鮮語で「ドクミガムサ」と発音し、「毒を呑ませて」という意味になるという。次の「共」は「とうとう」とか「ついに」で、全体として「とうとう、毒を呑ませてしまった」という意味になるというのが李寧熙氏の意見である。

最後の「不寝夜叙多」は正真正銘の済州島言葉で「アニ・シムヨソダ」と発音する。「アニ」は「不」の韓国語の訓読みで、否定を表わす。「不」はまた「ブル」といい、火または戦火を暗示しているという。

李寧熙氏の解釈では高市皇子が十市皇女を毒殺したとされているが、前後の関係からみて私はあり得ないと考える。「とうとう毒を呑ませてしまった」の主語は高市皇子ではなく、天武天皇だったと思う。天武天皇が命じて十市皇女を毒殺させたのである。

李寧熙氏の説を参考にして、高市皇子の歌（一五六）を意訳すると、次のような解釈ができるのではないか。

「天武よ、滅びよ。十市皇女は逝ってしまわれたのか。あの世でお目にかかりたいと祈っています。あなたが毒を呑まされて殺されたので、とうとう戦いになってしまいました」

この年一月に耽羅人は大和に進攻した。天武天皇は耽羅勢に追われる立場にあったのだ。そして四月に十市皇女が没したのは偶然とは思われない。高市皇子を簡単に殺すことはできない。そこで天武天皇は怒りの矛先を、高市皇子を恋する自分の娘の十市皇女に向けたのではないか。

高市皇子の次の一五七の歌は「三輪山の山辺（つまり天武天皇のそば）にある木綿は短い。その短い木綿のように十市皇女の命は短かったが、私は長いとばかり思っていた」というのが表の意味である。

当時、木綿は日本になかったといわれている。しかし、『三国志』「魏書」倭人条に男子は「木緜」で頭を巻いているとある。「緜」は綿の古字だから、列島の南は古くから木綿を生産していたのかもしれない。

それはとにかく、高市皇子の歌の木綿は「木」に木徳の天武天皇をかけているようだ。そうすると天武朝は短い、つまり短命であると、これまた天武朝を呪った歌と解釈される。

一五八の歌は、「やまぶき（黄色で黄泉（よみ）、あの世を表わす）の花が立ちふさがっている山の清水に水を汲みに行こうと思うが、あの世のことなので、道がわからない」という意味である。十市皇女をあの世まで追って行きたいという高市皇子の真情が込められた歌だが、やまぶきの花の黄色は五行思想でいえば、持統朝の高市皇子の色でもある。そして水は近江朝の水徳である。あの世の山の清水にいる十市皇女の周りには、黄色のやまぶきの花が取り囲んでいる。

この歌で高市皇子は十市皇女は死んでも自分のものといいたかったのかもしれない。

ところで母親の額田王と違って、十市皇女の歌は『万葉集』に一首もない。作らなかったのか、残らなかったのか不思議である。

■「春過ぎて…」は、実は「天下取りの歌」だった

藤原宮に天の下知らしめしし天皇の代　高天原廣野姫天皇、元年丁亥の十一年位を輕太子に譲りたまふ、尊號を太上天皇といふ

藤原宮御宇天皇代　高天原廣野姫天皇、元年丁亥十一年譲二位輕太子一、尊號曰二太上天皇一

天皇の御製歌（おほみうた）

28春過ぎて夏來（きた）るらし白栲（しろたへ）の衣（ころもほ）乾したり天（あま）の香具山（かぐやま）

天皇御製歌

春過而　夏來良之　白妙能　衣乾有　天之香來山

この歌は教科書にも出ている『万葉集』の中でも一、二を争う有名な歌だが、『万葉集』での有名な歌は、歌の良し悪しよりも政治的に重要な意味を秘めている場合が多いようである。

この歌は私の考える持統天皇、つまり高市皇子の歌なのである。それは歌の内容でわかる。

表の意味は「春が過ぎて夏が来たらしい。真っ白の衣を乾している天の香具山」と、いかにも平凡で、のどかな風景を率直に歌った歌にみえるし、一般的にそのよう

に解釈されている。しかし、為政者は常に危険と背中合わせで、のどかな風景とは無縁である。

最初の「春」は五行思想でいう天武天皇の季節である。「夏」は木徳の次にくる火徳の季節で、おそらく大津皇子朝をいう。白はもちろん天智朝の色、ここに「衣乾有」と「干す」に「乾」の字を使っている。「乾」は方向で西北、立冬で冬に近い。冬は水徳である。したがって、この歌は「木」「火」「金」「水」が織り込まれている。

高市皇子は順番からいうと、大津皇子の火徳の次の土徳の人だが、潜在的に近江朝の水徳を自認していたようだ。

それは持統七（六九三）年正月条に、百姓（無位の一般人）は黄色の衣を、奴（奴婢）は黒色の衣を着るように命じたとあることによってわかる。この条よりみて、高市皇子は自分の土徳の黄色と近江朝の水徳の黒色で天下を統一したかったとみられるからである。

土徳は五徳では中央に位置する。香具山は高市皇子の屋敷のある場所だった。高市皇子は、推古天皇時代の中心地である飛鳥地域を背にした香具山を大和朝廷の中心にみたて、中央を暗示したようだ。これでこの歌には五徳のすべてが配置されていることがわかる。

この歌で重要なのは、香具山に「天」がつくことだ。舒明天皇の倭国に来た時の情景を歌った歌(巻一―二)に香具山に登って国見したという歌がある。それにも「天の香具山」と香具山に「天」がついている。大和三山の他の畝傍(うねび)山や、耳成(みみなし)山には「天」はつかない。

香具山もすべての歌で「天の香具山」と歌われているわけではない。「天」のつく香具山の歌の場合は、歌った人物が倭国の主、つまり天皇になったという即位宣言の意味を込めているようだ。

と同時に私の考えでは、高市皇子は天智天皇の子だから、舒明天皇は高市皇子にとって祖父にあたる。「天の香具山」と最初に歌ったのは舒明天皇だから、連続する皇統という高市皇子の自負がみえてくる。この歌を意訳すると、「天武朝の春が過ぎて、大津皇子の夏が来たが、結局、白の天智朝の私が天下人になった」となる。

この歌の次に柿本人麻呂(かきのもとのひとまろ)の「近江の荒れたる都を過ぐる時」の歌(巻一―二九)

が続く。近江朝時代を懐かしみ、荒れ果てた宮殿跡に春草が生い茂っているのを嘆いた歌である。この歌からみても人麻呂は近江朝に近い人だったことが想像される。理由は後述するが、人麻呂は高市皇子に影のようにつき従った忠臣だった。ということは反天武天皇側である。とりあえず、証拠の一つを挙げれば、人麻呂は宮廷歌人として、高市皇子をはじめ、数多くの皇族の挽歌を作りながら、天武天皇の挽歌は歌っていないのである。

■柿本人麻呂は「天智朝復活」を祈っていた

柿本人麻呂の歌は持統朝に入ってからが主で、天武朝と確認されるのは天武朝末期、天漢（てんかん）（天の川）を歌った歌が最初である。人麻呂は高市皇子の持統朝においてのみ活躍した人なのである。

その中で持統朝の初めに歌ったと思われるのが、次の一連の歌（巻一―四五～四九）である。

輕皇子の安騎の野に宿りましし時、柿本朝臣人麿の作る歌

45やすみしし　わご大王　高照らす　日の皇子　神ながら　神さびせすと　太敷かす
京を置きて　隠口の　泊瀬の山は　眞木立つ　荒山道を　石が根　禁樹おしなべ
坂鳥の　朝越えまして　玉かぎる　夕さりくれば　み雪降る　阿騎の大野に　旗
薄　小竹をおしなべ　草枕　旅宿りせす　古思ひて

輕皇子宿二于安騎野一時、柿本朝臣人麿作歌

八隅知之　吾大王　高照　日之皇子　神長柄　神佐備世須等　太敷爲
京乎置而　隠口乃　泊瀬山者　眞木立　荒山道乎　石根　禁樹押靡　坂
鳥乃　朝越座而　玉限　夕去來者　三雪落　阿騎乃大野尒　旗須爲寸
四能乎押靡　草枕　多日夜取世須　古昔念而

短歌

46阿騎の野に宿る旅人打ち靡き眠も寝らめやも古思ふに

短歌

阿騎乃野尒　宿旅人　打靡　寐毛宿良目八方　古部念尒

47 ま草刈る荒野にはあれど黄葉の過ぎにし君が形見とぞ來し

眞草苅　荒野者雖有　黄葉　過去君之　形見跡曾來師

48 東の野に炎の立つ見えてかへり見すれば月傾きぬ

東　野炎　立所見而　反見爲者　月西渡

49 日並皇子の命の馬並めて御獵立たしし時は來向ふ

日雙斯　皇子命乃　馬副而　御獦立師斯　時者來向

まず最初にある軽皇子は文武天皇、安騎の野は奈良県宇陀郡大宇宇陀にあると考えられている。

四五の長歌の意味は、

「わが大王、日の皇子は神でありながら自ら都を後にし、泊瀬の山は真木の立つ、荒い山道だが、その山道の岩や禁樹をおし靡かせて、朝に越え、夕方には雪の降る安騎の野にすすきや小竹を押しふせて旅宿りをなさる。昔を偲んで」となる。

多田一臣氏(『万葉歌の表現』)は泊瀬の山を越えて、安騎の野に入るまでは、せいぜい数キロの行程しかないことを指摘し、皇子が現実の世界から異界へという、いわば時空を超えた世界に入っていく意義を、このような表現で示したという意見である。確かにこれは観念の歌で、現実を歌った歌ではない。

私の解釈では次のようになる。

まず軽皇子だが、当然のように後の文武天皇のことと考えられている。しかし軽皇子といわれていたのは文武天皇だけではない。私が高句麗の太陽王と考えている孝徳天皇も軽皇子といった。

「乙巳の変」で蘇我入鹿が殺された時、古人皇子は「韓人、鞍作臣を殺しつ」と中大兄皇子を「韓人」と呼んだ。軽皇子はカル、韓人はカラヒトと発音する。孝徳天皇・中大兄皇子・文武天皇は、私の考えでは倭国以外の地から来た人だった。つまり、この時代、半島の名称の一つである三韓から「韓（かん）」を「軽（かる）」にかけ、半島で生まれた倭王の普通名詞と推定される。したがってこの歌の軽皇子は文武天皇とは限らない。私の考えでは高市皇子は耽羅島で生まれた人だから軽皇子といわれる条件を備えている。

この一連の歌の軽皇子は高市皇子を指すと思われる。その理由は、これらの歌の内容による。最初の長歌には泊瀬の山の真木と禁樹と「木」を二回も出している。その「木」を軽皇子は打ち靡かせた、つまり征服したのである。「木」は木徳の天武天皇を暗示している。その木のある泊瀬を朝に越えると夕方には雪の降る安騎（あき）の野に出た。雪は「白」で天智朝を暗示し、安騎は季節の「秋」で、これも五行で天智朝を意味する。そして木徳は天武天皇個人に係るから、天武天皇を滅ぼした次の天智朝の時代とは、高市皇子の持統朝以外にないのである。

人麻呂のこの歌と後に続く短歌は持統朝成立の賛歌である。

最初の短歌（四六）の表の意味は、「阿騎の野に旅寝する旅人は打ち靡き眠ることさえできないだろう。昔を想って」となる。この歌の場合、「打ち靡き」が「寝る」

の枕詞のように使われているが、そうではなく「高市皇子に打ち靡いた」つまり降伏したという意味である。阿騎はもちろん、天智朝の秋を意味する。真意は「天武朝の人々は高市皇子に降伏する他なくなって、昔を偲んで眠ることもできないだろう」となる。

次の四七の歌が李寧熙氏（『甦える万葉集』）で裏読みできる政治的に重要な歌である。

表の意味は、「草を刈る荒地だが、黄葉のように亡くなってしまった君の形見と思って来た」と、やや意味不明の歌である。

李寧熙氏によると「眞草苅」は「マセガル」と読み「鉄を研ぐ」、「荒野者」は「アレネシャ」で「アラ人」、つまり安羅、金官加羅国人をいう。

次が重要なのだが、私が定本にしている岩波書店の日本古典文学大系（昭和四五年版）の和訳では「黄葉」とある。しかし右に見る通り、万葉仮名では「黄葉」にモミチバと読みを入れているが、一説（『代匠記』）では「黄」はないという。最近、発行された新日本古典文学大系の原文（万葉仮名）では「黄」はない。李寧熙氏によると、この歌に「黄」が入ると意味が通じなくなるという。「黄」を抜くと「雖有葉」で、「スイアルイプリ」と読み、「すぐ悟り、いうであろう」という意味、次の「過去」は「ジネガル」で、ジネは持物、ガルは刀で懐刀を意味するという。続く「君之」は「クミガ」と読み「ひびが入り」。「形見」は「ガタミ」で「取り入れ」または「収穫」、または「固める」の意味を持ち、最後の「跡曾來師」は「トジュオルサ」で、「破綻する」「失敗する」の意味になるという。

全体を通して直訳すると、

「鉄を研ぐ金官加羅国の人は、すぐ悟り、いうだろう。懐刀にひびが入ったので、収穫は失敗するだろう」という意味であるという。

金官加羅国人とは金官加羅国系の鏡王の生んだ文武王、つまり文武天皇を意味する。私は文武王の懐刀とは、この場合、草壁皇子を指すと思っている。来日して間もない文武王はとりあえず、鸕野皇女と共闘して、鸕野皇女と天武天皇との間に生まれた草壁皇子擁立に動いたようだ。その「草壁皇子にひびが入った」という意味は、草壁皇子が六八九（持統三）年四月に即位しないまま没したことをいう。この歌の真意は「草壁皇子が没するので、文武王の計画は失敗するだろう」という予告の歌である。

草壁皇子の墓として話題になった奈良県高取町の束明神古墳の人骨から、異常に高い鉛が検出されたという（『奈良新聞』一九八四年一一月三日）。この古墳が草壁皇子の墓と確定したわけではないから、証拠にはならないが、人麻呂の歌からみて、草壁皇子の死は予測されていたようである。

■「東の野に炎の…」に込められた「天武朝敗れたり」

四八の歌は『万葉集』の中で最も有名な歌といえるかもしれない。表の意味は、「東の野にかぎろひの立つのが見えて、振り返れば月が西に傾いていた」と解釈されている。夜明けの美しい状況を歌った人麻呂の最も有名な歌である。そこでこの歌の季節や時間を研究する人もいて、旧暦の一一月一七日、午前六時の歌とされている。

しかし、これも政治的な譬喩歌である。

まず東の「かぎろひ」は普通、朝焼けと考えられているが、山田英雄氏（『万葉歌二題」）は「火」であって「日」ではないという。確かに万葉仮名では「炎」とあるが、炎とは火で戦火の意味と考えられる。そして東で戦火を交える中で、西を振り返れば「月西渡」という状態だったということである。

「月西渡」は和訳のように「月が西に傾いた」という意味ではない。「傾く」という字はどこにもないのである。「月が西に渡った」というのが直訳で、しかも正確な万葉仮名の訳である。月は天武朝の東に昇る太陽に対して、西にあるから、五行思想で西の天智朝をさす。したがって、この場合、月と西で天智朝を暗示している。さらに人麻呂は月にツキ、つまり「運が付く」という意味も込めているのかもしれない。

意訳すれば「東の天武朝は戦火に包まれ敗れた。そして運は西の月に渡り、天智朝時代になった」となる。

最後の四九の歌の表の意味は「日並皇子が馬を並べて狩りをなさる時がいよいよやって来た」という単純な歌である。

日並皇子は当然のように草壁皇子とされているが、「日に並ぶ」という意味で皇太子をさす普通名詞という意見（多田一臣『万葉歌の表現』）は正しいと思う。

私は前後の関係からみて、この歌の場合の日並皇子は草壁皇子ではなく高市皇子をさすと思う。

狩りは戦いを意味するから、意訳すると、「今こそ、高市皇子が天下を取るために戦いに立ち上がる時が来たのだ」と戦意高揚の歌と解釈される。この一連の人麻呂の歌は、総じて人麻呂が高市皇子を励まし、即位に立ち上がるよう鼓舞しているようにみえる。

大津皇子を粛清するまで、鸕野皇女と草壁皇子、高市皇子、文武王三者は共闘していたが、大津皇子が粛清されると、まず文武王が鸕野皇女・草壁皇子母子と連合して、草壁皇子即位に持ち込もうとした様子が、これらの歌から推測される。

文武王と鸕野皇女・草壁皇子連合に対し、大津朝が滅亡して、天智系であるがゆえに仕方なく高市皇子支持となった唐国の後援もあって高市皇子が名乗りでた。もともと倭国内の趨勢は天智朝へ傾いていていた。しかし何といっても草壁皇子の死は高市皇子にとって、願ってもない好機到来だったことは間違いない。

第一の皇位継承者の草壁皇子も第二位の大津皇子も、このような過程を経て没し、第三の皇位継承者である高市皇子が正統な皇位継承者として即位し、持統天皇になったのである。

しかし高市皇子の持統朝一〇年間は鸕野皇女・文武王（後の文武天皇）連合との対立が熾烈で、決して平穏とはいえなかった。

第三章　悲劇の政治家・柿本人麻呂

■「白村江」以後、急増した亡命百済人

柿本姓は人麻呂から始まるが、『新撰姓氏録』（大和国皇別）に、「柿本朝臣、大春日朝臣と同祖。天足彦国押人命の後なり。敏達天皇の世に家門に柿の木があったので柿本氏となった」とある。

天足彦国押人命は『記紀』に登場しない。しかし景行天皇は大足彦忍代別天皇という似た和名の人だから、天足彦国押人命は景行天皇と同時代の人物と考えられていたのではないだろうか。私の考えでは景行天皇は中国東北部で四世紀に興亡した五胡十六国の一つ、慕容氏の燕国王儁の前身、『書紀』でいえばヤマトタケルと呼ばれる人物である（『解読「謎の四世紀」』）。おそらく柿本氏はヤマトタケル時代から日本にあった氏族といわんとしたのだろう。

また『新撰姓氏録』（大和国皇別）には柿本姓について、敏達天皇時代に家門に柿の木があったのが由来としている。しかし柿本姓は人麻呂以前に史上に登場しない。したがって柿本姓は人麻呂に始まると思われるが、『新撰姓氏録』が敏達朝という具体的な王朝時代を挙げているのが参考になる。

『書紀』でいえば、敏達天皇は欽明天皇の次の六世紀後半の天皇で、倭国は蘇我稲目が実権を握っていた時代だった。この頃、東アジアは隋が統一する前の混乱期で、遊牧民の突厥（とっけつ）が全盛を極め、アジア全体を席捲していた。その延長線上に突厥の達頭（タルドウ）こと、聖徳太子がいる。

突厥の勢力は半島や列島に及び、政情は極めて不安定な時代だった。敏達天皇はこの頃の人で、前身は高句麗の威徳（いとく）王だったと私は考えている。威徳王は高句麗から亡命して敏達天皇として名を残したが、倭国の実質的な権限は蘇我氏にあった（『二つの顔の大王』）。

百済は蓋鹵（がいろ）王時代、倭国でいえば雄略天皇時代の四七五年、「百済本紀」にみえる木劦満致（もくきょうまち）が日本に亡命して、蘇我満智（まち）と名を変えたことは、すでに定説である。

満智の曾孫にあたるのが稲目で、稲目の時から蘇我氏は倭国の実権を握っていた。『新撰姓氏録』（大和国皇別）に、柿本氏は布留宿禰と同祖とある。布留宿禰は蘇我山田石川麻呂の弟の日向（連・連子）に始まるから、人麻呂は蘇我系、そして百済系の人だったことが推測される。後に詳しく述べるが、高市皇子側にあった人麻呂は高市皇子の死後、文武朝になって都を追放され、元明朝になると、石見（島根県）に流罪になり、最後は殺されたらしい。

人麻呂は罪ある人として名を貶められ猨とも呼ばれた（梅原猛『水底の歌』上）。ただし人麻呂が猨と呼ばれたのは、一つには戊申（六四八）年のサル年に生まれたので、それにかけているという説もあるが、妥当と思われる。しかし、やはりサルは人ではないという意味で蔑称の意味も込められているようだ。

李寧熙氏（『もう一つの万葉集』）は人麻呂は高句麗、あるいは百済系の言葉で裏読みをしているという。朝鮮語で裏読みができるのは一世か二世までである。人麻呂もその範囲で考えなければならない。

一方、人麻呂と同じく有名歌人、山上憶良のほうは「白村江の戦い」直後に、百済から亡命して天智四（六六五）年八月に筑紫で大野城など二城を作ったと『書紀』にみえる憶礼福留を憶良の父親とする説（土屋文明『萬葉集私注』）がある。憶礼福留は大友朝になった天智一〇（六七一）年一月、大山下（役職名）に任じられ、「兵法に閑へり」と注釈されている。「閑」はこの場合、「しきる」とか「ならう」の意味だから、憶礼福留は軍事に携わったのだろう。

憶良が記した天平五（七三三）年の書簡（『万葉集』巻五）で、本人が七四歳と述べているところからみて、彼は六六〇年の百済滅亡年に生まれたことがわかる。

憶良は生まれて間もなく父親の憶礼福留に連れられて倭国に来たのだろうが、李寧熙氏（『もう一つの万葉集』）によると、憶良の「七夕の歌」一二首（巻八―一五一八以下）は新羅言葉で裏読みされているという。父親は百済人だから、母親が新羅系だったのだろうか。疑問は残る。

憶礼福留と共に倭国に亡命した人物に、百済の高官である達率（官位十六階の二番目）の木素貴子がいる。木素貴子は憶礼福留とほぼ同じ待遇を受け、同じように天智一〇（六七一）年一月、「兵法に閑へり」という理由で憶礼福留と同じ大山下を授けられている。

木素貴子が憶礼福留と違っているのは、大友皇子は木素貴子を賓客となしたと『懐風藻』にあることだ。賓客とあるからには、木素貴子は百済でも王族に連なる身分の高い生まれと考えられる。人麻呂は六四八年の戊申生まれと推定されるが、大友皇子も『懐風藻』によって、同じ六四八年生まれであることがわかっている。「白村江の戦い」に倭国が敗れた六六三年には人麻呂は一六歳だった。一六歳といえば当時では大人としてあつかわれる。人麻呂の歌からみて人麻呂は高句麗か百済系の人物とわかっているから、この時、人麻呂が百済亡命人として渡来したとして不思議はない。人麻呂は生涯にわたって、新羅文武王に異常なまでの憎しみを募らせている。このことからみて、百済系の人物であることは間違いないのである。

■「柿」が暗示することとは

私は木素貴子とは人麻呂の近江朝における百済名ではなかったかと推測している。

蘇我氏は朝鮮では木姓だった。人麻呂も百済人木刕満致の後裔（こうえい）である。木素貴子も柿本も木に関係する姓である。木素貴子は百済から亡命すると大友皇子と同じ年だったこともあって、学友として選ばれたのではないか。木素貴子は近江朝滅亡時も、直後も、それ以後も、どういうわけか、その名がまったく記録されていないところからみても、彼は天武朝末になって、和名の柿本人麻呂として再び史上に登場したのではないかと私は推測している。その根拠は次の通りである。

人麻呂が史上に登場するのは、近江朝が滅亡してから九年後の天武一〇（六八一）年一二月、柿本猨が小錦下（しょうきんげ）を授けられたとあることから始まる。木素貴子が史上より消えてから一〇年間、空白の後、人麻呂が史上に現われたのである。

近江朝が崩壊してから、木素貴子は雌伏していたが、天武朝末期になって、柿本人麻呂という和名に変えて史上に再登場したのではないか。木素貴子が六六三年の時、一六歳で初めて倭国に来たとしても、才能ある人物だったら、あしかけ二〇年も倭国に滞在したのだから、この間、倭語にも堪能になっただろう。才能ある人だったら、和歌を吏読（イド）で裏読みする十分な学習期間はあったといえよう。

それにしても、なぜ木素貴子は天武朝の大和朝廷の一員として復帰できたのだろうか。その答えは柿本という珍しい姓にある。柿は西南日本の特産と考えられてきたが、『万葉集』にはまったく登場しない。この時代、日本では柿は一般的な木ではなかったのだろう。

ところが済州島には柿は古くから存在していた。済州島では柿をカムといい、柿渋で染めた衣服を庶民は年間を通じて着ていた。柿渋染めの衣服は済州島を代表する特産品だったのである。もっとも染め物の材料になる柿は青柿だから、生食には適さない原始的な柿だったようだ(泉靖一『済州島』)。柿は温暖な地に育つ木だから済州島が原産だったとして不思議はない。いずれにしても『万葉集』には柿を歌った歌はないのだから、当時、今日のように一般的な木でも果物でもなかったことは確かである。

すでに述べたように、私は高市皇子の父は天智天皇、高市皇子は六四三年生まれと推定した。高市皇子の母の出自は済州島の高氏で、高市皇子は一九歳で済州島から百済復興戦に加わったと考えている。済州島原産の柿は済州島で生まれた高市皇子を表意する木だったのではないか。

一方、百済滅亡後、倭国に亡命した木素貴子は大友皇子の学友に取り立てられ、当然、高市皇子とも面識があっただろう。後には近江朝の兵事も担当することになった。

近江朝滅亡後、木素貴子なる人の名は消え、二度と史上には現われないのは、敗者の兵事担当者としては当然だろう。木素貴子の名が史上から消えて一〇年後の天武一〇（六八一）年一二月に大夫に相当する小錦下という高官として、初めて柿本猨（さる）の名で人麻呂が突然、史上に現われた。皇族でもない人麻呂が小錦下に叙せられるには、それ以前に相当の位階の人だったことは間違いない。

木素貴子は「壬申の乱」の時、最終的には高市皇子側に与（くみ）したのではないか。大友皇子の母は伊賀采女（うねめ）だから、天智天皇が倭国に来てから、伊賀に生まれ育った女性との間に生まれた子と思われる。百済育ちの木素貴子は、済州島で生まれ育ち、成人してから倭国に来た高市皇子のほうに、もともと親しみを感じていたのではないだろうか。

人麻呂が小錦下を授けられる二年前の天武八（六七九）年、高市皇子は天武朝より皇位後継者三位として公認された。済州島にゆかりのある柿本姓は「壬申の乱」時に高市皇子側に功績があったとして、「股肱の臣」という意味を込めて、高市皇子が人麻呂に与えた姓ではないだろうか。あるいは『新撰姓氏録』（大和国皇別）には敏達朝に投影させているが、人麻呂自身が高市皇子の「股肱の臣」であることを表明するため、家の門の側に柿を植えていたことから、姓になったとも推測される。

■なぜ人麻呂は「猨」と呼ばれたのか

『新撰姓氏録』（大和国皇別）の柿本朝臣の条に続いて、布留宿禰は柿本朝臣と同祖である。

布留姓は蘇我蝦夷の五男の日向（連・連子）の子孫が、天武天皇時代に布留宿禰に改めたのが最初であるという。

蘇我日向は兄の蘇我山田石川麻呂に謀反心があると中大兄皇子に讒訴し、自分も石川麻呂を攻めて一族を滅亡させた人物である。日向が石川麻呂の謀反を中大兄皇子に密告したまでは事実かもしれないが、『書紀』を子細に検討すると、実際に石川麻呂一族を滅亡させた実行犯は中大兄皇子ではなく、孝徳天皇側にあった者たちだった。

日向の目的は蘇我蝦夷一族の滅亡後、蘇我本宗家の主（あるじ）になることだった。

石川麻呂は娘を何人も中大兄皇子の後室に入れ、中大兄擁立を図っていた。中大兄皇子が即位すれば日向の出る幕はない。そこで日向は孝徳天皇を唆（そそのか）して石川麻呂一家を滅ぼすことにした。日向が中大兄皇子に石川麻呂を讒言（ざんげん）した目的は、中大兄皇子を石川麻呂擁護のために立ちあがらせないためだった。

そしてそれは成功した。中大兄皇子は石川麻呂が滅ぼされるのを、ただ傍観するのみで助けようとはしなかったのである。石川麻呂の娘の造媛（みやつこひめ）は中大兄皇子の妃の一人だったが、一族と共に殺されたらしい。石川麻呂一家の滅亡を目前にしながら何もしなかった中大兄皇子も、造媛の死はさすがにこたえたらしく、『書紀』には歌を作らせて涙ながらに造媛を偲んだとある。

石川麻呂は孝徳天皇主導によって滅ぼされたのだから、日向は高句麗の太陽王、百済の義慈（ぎじ）王である孝徳天皇側に功績があったことになる。そして孝徳天皇は大海人皇子と共闘していた。結局、日向は大海人皇子側にあったのである。日向は大海人皇子が擁立した間人天皇時代の六六四（天智三）年三月、大臣になったのだが、同年五月に没した。私は中大兄皇子が日向を暗殺したと思っている（『陰謀　大化改新』）。

『書紀』によると、この後、日向の子の安麻呂は近江朝に仕えながら、大海人皇子が吉野に籠もる直前、大友朝との折衝に近江宮に入る時、密かに「注意して発言するように」と忠告している。この忠告によって大海人皇子は陰謀があるかもしれないと悟った。そこで、大友皇子に代わって即位するよう近江朝に勧められたのを、断わって吉野に引き籠もったという。

普通、皇子・大臣といえども宮中に入る時は大勢の武装兵を従えるわけにはいかない。護身の刀も身につけられなかったかもしれない。大友皇子の近江朝はこのことを利用して、大海人皇子を防備できない宮中に呼び込み、うっかり近江朝の誘いに乗るような発言をしたなら暗殺するという手はずを整えていたのだろう。近江朝に仕える安麻呂は、大海人皇子暗殺計画を知って大海人皇子に忠告したのである。もっとも知謀に長けた大海人皇子には安麻呂の進言など不必要で、前もって重々、承知していたのではないだろうか。

安麻呂は近江朝に仕えながら、おそらく天智天皇に謀殺された父親の日向の恨みを晴らす機会がくるのを待っていたようだ。

日向について長々述べたのは、『新撰姓氏録』(大和国皇別)が柿本人麻呂と布留宿禰を同祖としているからである。人麻呂と日向は蘇我氏という意味でつながりはあるが、直接的な親戚関係にはない。それを『新撰姓氏録』(大和国皇別)が同祖と強調しているわけは、日向の行為が何らかの形で人麻呂に投影されているからである。

先に述べたように、人麻呂が柿本人麻呂として史料に登場するのは、『書紀』天武一〇(六八一)年一二月条に柿本猨が小錦下の位を与えられたという時である。「小錦」以上は大夫を称する上級官人である。突然、もらえる官位ではない。これによって人麻呂は過去において、高官だった可能性が強いと考えられる。それは百済からの亡命人木素貴子の近江朝時代のことで、「壬申の乱」時、高市皇子に付いた結果、罪は免れたが、乱後、天武天皇が即位するという意外な結果に終わった。木素貴子等の思惑通り、高市皇子が即位できなかったため、天武朝によって一〇年間、捨て置かれたのだろう。

しかし天武一〇年、小錦下に抜擢された。それはなぜか。巻十の「秋の雑歌」の七夕（一九九六〜二〇二三）の歌は人麻呂の歌集にあったとあり、その中の一つ（二〇三三）は庚辰の年に作られたという。庚辰の年とは天武九（六八〇）年である。人麻呂の「七夕の歌」が天武天皇を喜ばせ、人麻呂が小錦下の位を授けられる根拠になったようだ。

七夕には「天の川」がつきものだが、中国では漢王朝を賞賛する意味を含めて「天漢」と称する。奈良時代に編纂された日本最古の漢詩集『懐風藻』（紀朝臣男人の五言七夕他）でも、「天の川」を「天漢」と表記している。漢の初代高祖をもって任じたのは天武天皇だった。天武天皇が「七夕の歌」を喜ばないはずはない。

人麻呂の大友皇子に対する裏切りが決定的理由だろうが、天武天皇に対するおもねりも人麻呂が猨と呼ばれた理由の一つだろう。しかし、その前、天武八（六七九）年五月に天武天皇は高市皇子を草壁皇子、大津皇子に次ぐ、皇位継承三位に位置付け、高市皇子も甘んじて受け入れている。人麻呂だけを裏切り者とするのは不当というものである。

人麻呂は確かに近江朝の重臣でありながら、大友皇子を裏切り、高市皇子側に付いたようだ。しかし考えてみれば、百済系の天智朝を裏切ったわけではない。天智天皇の二人の兄弟のうち、年長で外来系の高市皇子を支持しただけともいえる。人麻呂の憎しみの対象は、ひとえに百済を滅ぼした新羅文武王にあった。

「くしろ着く…」には、天武妃への怒りが

持統三（六八九）年四月、皇太子の草壁皇子が没すると、高市皇子は翌持統四（六九〇）年一月、鸕野皇女と文武王の不満を唐国の後盾で押さえ込み、ようやく即位式を挙げることができた。これが持統朝である。

この頃、唐国では則天（武氏）の全盛時代で、国名も周と改名していた。則天は内政に重点を置き、軍備を整えて周辺諸国を侵略する政策を採らなかった。このことが周辺異民族の蜂起につながり、周王室はたちまちのうちに壊滅する。

周に反乱を起こした周辺異民族とは突厥や靺鞨など中国東北部の勢力だったが、則天の政策に不満なのは、それだけではなかった。天智系を正統とする唐国の意向で、高市持統朝成立を甘んじて受け入れざるを得なかった、新羅から亡命した文武王もそ

うだった。新羅文武王は「壬申の乱」の時、父親の大海人を倭王にするため唐国と戦って敗れ、倭国に亡命していたからだ。亡命新羅王の文武王が中国東北部に渡って実戦に参加したかどうかは確証はないが、周への反乱を後押ししていたことは間違いない。

文武王は少なくとも高市皇子朝の倭国と中国の交通路を遮断し、高市皇子朝を国際的に孤立させたことは間違いないだろう。一方、国内では鸕野皇女と連合して反高市運動を繰り広げた。この傾向は高市皇子即位後、わずか二年後の持統六（六九二）年から顕著になる。

『書紀』持統六年三月条に、天皇が伊勢に行こうとした時、大三輪朝臣高市麻呂（おおみわのあそんたけちまろ）が冠を脱いで捧げ、農繁期だから農民に負担がかかることを理由に、伊勢には行かないように強く諫（いさ）めたとある。

高市麻呂が実際に農繁期を理由にしたにしても、為政者が農民の都合によって行動を自ら制約することは、まず考えられない。高市麻呂の阻止もそのためではない。政治的理由で鸕野皇女が伊勢に行っては困るからだ。『書紀』には天皇とだけあるが、この場合の天皇が鸕野皇女であることは『万葉集』の人麻呂の歌から確実である。
人麻呂の歌は後に解説するとして、鸕野皇女はこの時の伊勢行きで途中、伊賀・伊勢・志摩の国造（くにのみやつこ）に冠位を下して、この年の調役を免除した。それは近江・美濃・尾張・三河（みかわ）・遠江（とおとうみ）にも及んだとある。これら地域は大和朝廷の主要な兵員補給地である。それも近江を除いて天武朝側にある地方である。

鸕野皇女は天武朝復活をもくろみ、高市持統朝と対決する際、この地方から兵員を徴集するために伊勢に行ったのだ。その目的を知っているからこそ高市麻呂は猛反対をしたのである。

ともあれ鸕野皇女が高市皇子の意志に反して、このような行動が可能だったこと、それ自体、高市皇子朝がいかに弱体だったかを証明しよう。

元明天皇の即位の詔（みことのり）（『続日本紀』慶雲四年七月条）に、鸕野皇女は文武天皇を即位させて「並び坐して此の天下を治め賜い…」という条がある。これよりみて、鸕野皇女は文武天皇が即位してから、文武天皇と並んで共同統治したことによって初めて天皇と称されたことがわかる。つまり鸕野皇女の統治したという持統朝は存在しないのである。

再三述べるが、持統朝とは高市皇子が天皇だった時代である。この持統朝時代を通じて、鸕野皇女は主に吉野を本拠にして、文武王（文武天皇）や藤原不比等と高市皇子持統朝打倒の秘策を練っていたらしく、彼らの吉野での詩が『懐風藻』にいくつも記録されている。

このような目的で鸕野皇女が伊勢に行ったのだが、この時、大和にあった人麻呂が鸕野皇女の一行を歌った（巻一―四〇～四二）。特に四一が問題の歌である。

伊勢國に幸（いでま）しし時、京（みやこ）に留（とどま）れる柿本朝臣人麿の作る歌

40鳴呼見（あみ）の浦に船乗りすらむ嬔嬬（おとめ）らが珠裳（たまも）の裾（すそ）に潮（しほ）満つらむか

幸二于伊勢國一時、留レ京柿本朝臣人麿作歌

鳴呼見乃浦尒　船乘爲良武　嬔嬬等之　珠裳乃須十二　四寳三都良武香

41くしろ着く手節（たふし）の崎に今日もかも大宮人の玉藻刈るらむ

釼著　手節乃埼二　今日毛可母　大宮人之　玉藻苅良武

42　潮騒（しほさゐ）に伊良虞（いらご）の島邊（しまべ）漕ぐ船に妹（いも）乗るらむか荒き島廻（しまみ）を

潮左爲二　五十等兒乃嶋邊　榜船荷　妹乗良六鹿　荒嶋廻乎

「くしろ着く」は手節の崎の枕詞として、表の意味は、「手節の崎で今日も大宮人が玉藻を刈っているのだろうか」となるが、大宮人は女性をいうから鸕野皇女を指すことは間違いない。しかし「玉藻を刈る」というのが、何かの暗示であることは誰しも想像できる。

李寧熙氏（『もう一つの万葉集』）によると、次のような解釈になる。

「釼」は呉音では「くしろ」と読むが、「釼」は金属製の腕輪をいう。朝鮮語では「釼」を「ゴジレ」と読み、差し刀を意味する。最後の「玉藻苅良武」を和訳では「大宮人が玉藻を刈る」と大宮人が主語で、大宮人が玉藻を刈るという意味だが、朝鮮語では「苅良武」を「ベラム」と読み、「刈れよ」の意味になるので、大宮人は目的語であって主語ではない。また、「玉藻」は「玉裳」のことであり、衣装をさす。したがって、この歌は「腰に差し刀を帯び、手節の崎に今日も行くのだ。大宮人の玉裳を切るのだ」となるという。李寧熙氏は、

「大宮人どもを叩き切るのだ、といきまいているのです。よほど許しがたい事情があったのでしょう。憤懣やるかたない心を、この一首に封じこめています。刀、刀、刀……と並べ立てているのです」という。

こうしてみると、大宮人、つまり鸕野皇女を斬りたいと思っているのは人麻呂自身だったのである。鸕野皇女が反高市皇子派として高市皇子持統朝転覆のため、国内の兵力を募る旅に出かけるのを高市皇子側の人が喜ぶはずはない。人麻呂が怒っているのもこのことだったのだ。

■「草壁皇子への挽歌」は人違いである

人麻呂が歌ったという草壁皇子への挽歌は『万葉集』の巻二（一六七～一六九）である。それには「日並皇子尊（ひなみしのみこのみこと）の殯宮（あらきのみや）の時、柿本朝臣人麿の作る歌一首」とあ

る。日並皇子は草壁皇子として疑われたことはない。しかし先に述べたように日並皇子は皇太子という意味の一般名詞とするなら、草壁皇子とは限らない。この歌には反歌があるが、古注には反歌の中の一六九は後皇子尊（高市皇子）の殯宮の時の歌という異説を記している。となると、この挽歌の主は高市皇子だったと推測されなくもないが、しかし高市皇子には別に人麻呂の壮大な挽歌があるから、高市皇子への挽歌ではない。

日並皇子尊の殯宮の時、柿本朝臣人麿の作る歌一首 并に短歌

167 天地の　初の時　ひさかたの　天の河原に　八百萬　千萬神の　神集ひ　集ひ座
して　神分り　分りし時に　天照らす　日女の尊 一に云ふ、さしのぼる日女の命　天をば
知らしめすと　葦原の　瑞穂の國を　天地の　寄り合ひの極　知らしめす　神の
命と　天雲の　八重かき別きて 一に云ふ、天雲の八重雲別きて　神下し　座せまつりし
高照らす　日の皇子は　飛鳥の　浄の宮に　神ながら　太敷きまして　天皇の　敷
きます國と　天の原　石門を開き　神あがり　あがり座しぬ 一に云ふ、神登りいましにし

かば　わご王　皇子の命の　天の下　知らしめしせば　春花の　貴からむと　望月の　滿しけむと　天の下　一に云ふ、食す國　四方の人の　大船の　思ひ憑みて　天つ水　仰ぎて待つに　いかさまに　思ほしめせか　由縁もなき　眞弓の岡に　宮柱太敷き座し　御殿を　高知りまして　朝ごとに　御言問はさぬ　日月の　數多くなりぬる　そこゆゑに　皇子の宮人　行方知らずも　一に云ふ、さす竹の皇子の宮人ゆくへ知らにす

日並皇子尊殯宮之時、柿本朝臣人麿作歌一首 并短哥

天地之　初時　久堅之　天河原尒　八百萬　千萬神之　神集　ゝ座而
神分　ゝ之時尒　天照　日女之命　一云、指上日女之命　天乎婆　所知食登
葦原乃　水穂之國乎　天地之　依相之極　所知行　神之命等　天雲之
八重搔別而　一云、天雲之八重雲別而　神下　座奉之　高照　日之皇子波　飛
鳥之　淨之宮尒　神随　太布座而　天皇之　敷座國等　天原　石門乎開
神上　ゝ座奴　一云、神登座尒之可婆　吾王　皇子之命乃　天下　所知食世
者　春花之　貴在等　望月乃　滿波之計武跡　天下　一云、食國　四方之人

乃　大船之　思憑而　天水　仰而待尓　何方尓　御念食可　由縁母無
眞弓乃岡尓　宮柱　太布座　御在香乎　高知座而　明言尓　御言不御問
日月之　數多成塗　其故　皇子之宮人　行方不知毛　一云、刺竹之皇子宮人
歸邊不知尓爲

反歌二首

168 ひさかたの天（あめ）見るごとく仰ぎ見し皇子（みこ）の御門（みかど）の荒れまく惜しも
久堅乃　天見如久　仰見之　皇子乃御門之　荒巻惜毛

169 あかねさす日は照らせれどぬばたまの夜渡る月の隠（かく）らく惜しも
或る本、件（くだり）の歌を以ちて後皇子尊（のちのみこのみこと）の殯宮（あらきのみや）の時の歌の反と爲せり
茜刺　日者雖照有　烏玉之　夜渡月之　隱良久惜毛
或本、以二件歌一爲二後皇子尊殯宮之時歌反一也

要約すると、次の通りである。
「天地草創の時、八百万の神々が天の川原に集まって相談した。その結果、天照大神は天を治め、日の皇子は飛鳥の浄御原に神ながら、治められることになった。しかし日の皇子（天武天皇）は神上がりなさってしまった。そこで、わが皇子命が天の下を知らしめせば、春咲く花のように貴く、望月のように満ちたりるだろうと、天下の人々は大船に乗ったつもりで思い頼っていたのに、天の水を仰いで待っていたのに、皇子はどうしたことか、ゆかりもない真弓の丘の殯宮に納まってしまわれた。朝ごとの言葉もないまま、月日は経ていった。皇子に仕える宮人はどうしていいかわからないでいる」

一六九の反歌の意味は「あかあかと日は照るけれども、夜を渡る月が隠れたのは惜しい」と、亡くなった日並皇子を月に譬えている。月は西で、五行思想でいう天智朝を暗示している。したがって亡くなった日並皇子とは高市皇子として妥当と思われたのだろう。しかし私は高市皇子とは思わない。その理由は次の通りである。

巻二の挽歌の条は有間皇子・天智天皇・十市皇女・天武天皇、そして大津皇子の死を悼む姉の大来皇女の短歌に続いて、この長歌がある。つまり巻二の挽歌の主は死亡した年代順に並んでいるのだ。そして大来皇女の大津皇子への短歌に続くのが、この人麻呂の長歌である。

私は大津皇子は天武天皇没後、即位したと考えているが、『万葉集』には大津皇子への長歌の挽歌はない。

この長歌の中に、「飛鳥の淨の宮」にあって天下を治めていた天皇が神上がったので、皇子が「天の下、知らしめせば…」と続く条が問題である。「飛鳥の淨の宮」の天皇とは、飛鳥浄御原で即位した天武天皇を意味する。天武天皇が神上がった、つまり没したので、皇子が天下を治めることになったという意味である。

私の考えでは天武天皇の次は大津皇子が即位した。大津皇子の母は天智天皇の娘だから、五行思想でいう月に該当しなくもない。

人麻呂は天武一〇年に史上に登場したが、天武天皇への挽歌はない。それは人麻呂が高市皇子側にあった人だからと解釈される。しかし人麻呂の大津皇子への挽歌も『万葉集』にみえない。人麻呂は大津皇子朝も否定したのだろうか。そうではなかったようだ。

大来皇女による大津皇子の短歌の次に、人麻呂の、普通は草壁皇子と考えられている日並皇子への挽歌がある。巻二の挽歌の死者は年代順に並ぶという特質からみても、この歌は大津皇子への挽歌ではないかと私は推測している。

では、なぜ、人麻呂の大津皇子への挽歌が草壁皇子への挽歌にすり替わったのか。問題はこの歌の中で天皇（天武）が神上がった後、皇子命が「天の下、知らしめせば、春花の…」と皇子が天下を治めたとある条である。「天下を治める」とは天皇以外の何者でもないではないか。

草壁皇子が即位しないまま没したことははっきりしている。大津皇子は天武天皇没後、唐国と大伴一族など従来の倭国勢によって擁立された（『倭王たちの七世紀』）。ここで人麻呂が歌っているのは天皇である大津皇子だったのだ。

『延喜式』（諸陵寮）には大津皇子の墓は載っていない。しかし、人麻呂の挽歌にある真弓岡に陵は存在する。「真弓丘陵　岡宮御宇□□天皇　在大和国高市郡」とあり、注釈に草壁太子とある。『延喜式』は平安時代初めに成立したが、現在、私がみている『延喜式』は江戸時代版の国史大系本である。□□は消された天皇の諡（おくりな）だが、鎌倉時代初期（九条家本）に消されたらしい。

そして、この時、草壁皇子陵という注釈がくわえられたのではないか。たとえば天智天皇の場合「近江大津宮御宇天智天皇」とあるように、『延喜式』では宮城の所在地に続いて、天皇の名を漢風の諡で記録している。したがって真弓丘陵の場合も「岡」という場所に宮城がある□□天皇という普通の表記だったのである。

現在、考古学上から草壁皇子陵といわれている陵はかつての高市郡にあるから、注釈の草壁皇子陵という場所に異論はない。しかし草壁皇子が即位したことはない。『延喜式』にだけ草壁皇子が天皇とあるのはどうしたわけか。

私は天武天皇没後、即位したのは大津皇子だと推定している。したがって天皇とある以上、『延喜式』の真弓丘陵は草壁皇子ではなく、人麻呂が「真弓の岡」に葬ったという大津皇子のことで、真弓丘陵とは大津皇子陵をいうと思う。陵という名称は本来、天皇の墓を称するものであることはいうまでもない。ところが真弓丘の所在地が判明しないのである。

私は、初めに大津皇子が葬られた場所は同じ高市郡のキトラ（亀虎）古墳と推測している。南面に描かれた見事な朱鳥は、天武天皇の木徳の次の火徳を意識して、朱雀と改元した大津皇子の墓にふさわしいことも理由の一つである。私が天武天皇の隠された墓と考えている高松塚古墳には、朱鳥はまったく描かれていないようだ。それに反して、青龍は見事に描かれている。高松塚は木徳の青龍を自認する天武天皇に合致する古墳なのである（『高松塚被葬者考』）。つまり、私の考えでは真弓丘陵＝キトラ古墳となる。

現在のキトラ古墳には棺はない。盗掘の穴はあるらしいが、棺が持ち出せるほど大規模なものではないらしい。おそらく大津皇子の棺はかなり早い時期、二上山に改葬されたのだろう。『延喜式』に「真弓丘陵」とあるのは、人麻呂の大津皇子への挽歌から連想されたのかもしれない。

大津皇子はなぜ、人麻呂の挽歌でも『延喜式』でも草壁皇子に改竄（かいざん）されて、今日まで抹殺されたのか。その理由は簡単である。

大津皇子を謀反の罪で殺した高市皇子以下、後の大和朝廷の人々にとって、人麻呂の大津皇子への挽歌は、大津皇子が天皇だった事実を証明する証拠になるからである。そこで『万葉集』の編者らは日並皇子（皇太子）という漠然とした一般名詞にし、さらにそれが後に草壁皇子として固定されたのではないだろうか。

大津皇子は謀反の罪で水死させられた。しかしキトラ古墳にしても、二上山にしても手厚く葬られている。大和朝廷としては大津皇子が即位していたという事実さえ抹消すればよいのである。『万葉集』の編者は人麻呂の大津皇子への挽歌は残したかった。そこで日並皇子という一般名詞にしたと推測される。人麻呂はアンチ新羅、ひいては本質的には反天武朝に凝り固まった人だから、草壁皇子の挽歌を歌うはずはないのである。

大津皇子は人麻呂の挽歌よりみて、最初は真弓丘に葬られたのだろう。さらに『延喜式』により、大津皇子の墓は真弓丘陵といわれ、「岡宮御宇□□天皇」と諡されていたことが推定される。大津皇子の諡、消された□□とは何だったのだろうか。

■人麻呂は「高市皇子即位」を歌っていた

高市持統朝時代の東アジアは大動乱の真っ只中にあった。

高市皇子が即位した六九〇年代になると、突厥・契丹・吐蕃らの北東周辺民族が、唐から周に改号した則天（武氏）に反乱を起こした。則天は高宗生存中の皇后時代から実権を握っていたが、高宗が没すると、長男の中宗以下を引退させ、自ら皇帝になったのである。この中国国内の内紛と、則天が国内の治世に重点を置き、対外戦争を忌避する傾向にあったことが周辺遊牧民の蜂起につながったのである。

六九六年には契丹と吐蕃が河北省一帯に侵攻し、迎え撃つ則天の軍勢を敗退させた。この頃、則天の忠臣狄仁傑は唐国が高句麗を滅ぼした後、今の撫順市に置いた唐国の半島経営の拠点である安東都護府を廃止し、高氏（旧高句麗王）を君長に復すべきと進言している。この進言は則天に受け入れられた。周は諸内外の情勢に鑑み、遼東支配をかつての在地勢力に戻して、遼東の直接支配から手を引こうとしていたのである。

当時、渤海の始祖大祚栄が太白山の東北（吉林省東牟山周辺）で旧高句麗や靺鞨勢力と連合して周に抵抗し、渤海国建国の基礎を築いていた。この大祚栄と連合してい たのが、倭国在住の亡命した新羅文武王であり、彼の息のかかった勢力だったと思わ れる（『すり替えられた天皇』）。

周の軍勢が遼東及び河北から撤退を余儀なくされた六九六（持統一〇）年の七月、 高市皇子は没した。高市持統朝と周との交通路を、文武王と共闘する大祚栄の渤海勢 力等によって断絶され、周が遼東の直接支配から手を引いたことが高市皇子政権の致 命傷になったようだ。

もともと高市皇子は済州島生まれで外国育ちということもあって、日本国内での基 盤が弱く、天武系が主流だった大和朝廷内で孤立しがちだった。その弱みを、唐国が 日本の正統王朝と認める天智天皇直系という血統の重みで補い、大和朝廷を押さえて いたのだから、中国自身の混乱によって威光が大和朝廷に届かなくなると、後盾を失 った高市持統朝はたちまちのうちに崩壊するしかなかったのである。

高市皇子の国内兵力をたばねていたのは近江朝の重臣物部麻呂（もののべのまろ）だったが、どうい うわけか、文武朝・元明朝にも生き残り、元正（げんしょう）朝初期の後盾となっている。

かつて大津朝打倒を目指して高市皇子と共闘していた文武王は、本人自身が常に即位に野心を持っていた。高市皇子が即位すると、今度は反高市持統朝にまわり、草壁皇子亡き後、母の鸕野皇女と同盟した。高市皇子は、共に謀反の罪で大津皇子を追いつめた盟友の文武王に天皇の地位を狙われることになったのである。

高市皇子が没した後、亡命新羅王の文武王、すなわち軽皇子が国際的には大祚栄等中国周辺民族をバックにし、国内では鸕野皇女、藤原不比等の支援を受けて、天武天皇の長子という立場を利用し、文武天皇として即位にこぎ着けたのである。

高市皇子が没した時、人麻呂は壮大な挽歌（巻二―一九九）を残している。

高市皇子尊の城上の殯宮の時、柿本朝臣人麿の作る歌一首并に短歌

199かけまくも　ゆゆしきかも　一に云ふ、ゆゆしけれども　言はまくも　あやに畏き　明日香の　眞神の原に　ひさかたの　天つ御門を　かしこくも　定めたまひて　神さぶと　磐隱ります　やすみしし　わご大君の　きこしめす　背面の國の　眞木立つ　不破山越えて　高麗劒　和蹔が原の　行宮に　天降り座して　天の下　治め給ひ　一

に云ふ、掃ひ給ひて　食す國を　定めたまふと　鶏が鳴く　吾妻の國の　御軍士を　召し
給ひて　ちはやぶる　人を和せと　服從はぬ　國を治めと　一に云ふ、掃へと　皇子な
がら　任け給へば　大御身に　太刀取り帶ばし　大御手に　弓取り持たし　御軍士
を　あどもひたまひ　齊ふる　鼓の音は　雷の　聲と聞くまで　吹き響せる　小
角の音も　一に云ふ、笛の音は　敵見たる　虎か吼ゆると　諸人の　おびゆるまでに　一
に云ふ、聞き惑ふまで　捧げたる　幡の靡は　冬ごもり　春さり來れば　野ごとに　着き
てある火の　一に云ふ、冬ごもり　春野燒く火の　風の共　靡くがごとく　取り持てる　弓弭
の騒　み雪降る　冬の林に　一に云ふ、木綿の林　飃風かも　い巻き渡ると　思ふまで
聞きの恐く　一に云ふ、諸人の見惑ふまでに　引き放つ　矢の繁けく　大雪の　亂れて來れ
一に云ふ、霰なすそちより來れば　服從はず　立ち向ひしも　露霜の　消なば消ぬべく　行
く鳥の　あらそふ間に　一に云ふ、朝霜の消なば消とふにうつせみと爭ふはしに　渡會の　齋の宮ゆ
神風に　い吹き惑はし　天雲を　日の目も見せず　常闇に　覆ひ給ひて　定めて
し　瑞穂の國を　神ながら　太敷きまして　やすみしし　わご大王の　天の下　申
し給へば　萬代に　然しもあらむと　一に云ふ、かくもあらむと　木綿花の　榮ゆる時に

わご大王　皇子(みこ)の御門(みかど)を　一に云ふ、さす竹の皇子の御門を　神宮(かむみや)に　装(よそ)ひまつりて　使はし
し　御門の人も　白栲(しろたへ)の　麻衣着(あさごろもき)　埴安(はにやす)の　御門の原に　茜(あかね)さす　日のことごと
鹿(しし)じもの　い匍(は)ひ伏しつつ　ぬばたまの　夕(ゆふべ)になれば　大殿(おほとの)を　ふり放(さ)け見つつ
鶉(うづら)なす　い匍ひもとほり　侍(さもら)へど　侍(さもら)ひ得ねば　春鳥の　さまよひぬれば　嘆き
も　いまだ過ぎぬに　憶(おも)ひも　いまだ盡きねば　言(こと)さへく　百濟(くだら)の原ゆ　神葬(かむはぶ)り
葬(はぶ)りいまして　麻裳(あさも)よし　城上(きのへ)の宮を　常宮(とこみや)と　高くまつりて　神(かむ)ながら　鎭(しづ)まり
ましぬ　然れども　わご大王の　萬代と　思ほしめして　作らしし　香具山(かぐやま)の宮
萬代(よろづよ)に　過ぎむと思へや　天の如　ふり放(さ)け見つつ　玉襷(たまたすき)　かけて偲(しの)はむ　恐(かしこ)か
れども

高市皇子尊城上殯宮之時、柿本朝臣人麿作歌一首 并短哥

挂文　忌之伎鴨　一云、由游志計礼杼母　言久母　綾尓畏伎　明日香乃　眞神
之原尓　久堅能　天都御門乎　懼母　定賜而　神佐扶跡　磐隱座　八隅
知之　吾大王乃　所聞見爲　背友乃國之　眞木立　不破山越而　狛釼
和射見我原乃　行宮尓　安母理座而　天下　治賜　一云、掃賜而　食國乎

定賜等　雞之鳴　吾妻乃國之　御軍士乎　喚賜而　千磐破　人乎和爲跡
不奉仕　國乎治跡　一云、掃部等　皇子隨　任賜者　大御身尒　大刀取帶
之　大御手尒　弓取持之　御軍士乎　安騰毛比賜　齊流　鼓之音者　雷
之　聲登聞麻侶　吹響流　小角乃音母　一云、笛乃音波　敵見有　虎可叫吼
登　諸人之　恊流麻侶尒　一云、聞或麻泥　指擧有　幡之靡者　冬木成　春
去來者　野每　著而有火之　一云、冬木成春　野燒火乃　風之共　靡如久　取持
流　弓波受乃騷　三雪落　冬乃林尒　一云、由布乃林　飃可毛　伊卷渡等
念麻侶　聞之恐久　一云、諸人見或麻侶尒　引放　箭之繁計久　大雪乃　乱而
來礼　一云、霰成曾知余里久礼婆　不奉仕　立向之毛　露霜之　消者消倍久　去
鳥乃　相競端尒　一云、朝霜之消者消言尒打蟬等　安良蘇布波之尒　渡會会乃　齋宮從
神風尒　伊吹或之　天雲乎　日之目毛不令見　常闇尒　覆賜而　定之
水穗之國乎　神隨　太敷座而　八隅知之　吾大王之　天下　申賜者
万代尒　然之毛將有登　一云、如是毛安良無等　木綿花乃　榮時尒　吾大王
皇子之御門乎　一云、刺竹皇子御門乎　神宮尒　裝束奉而　遣使　御門之人毛

白妙乃　麻衣著　埴安乃　御門之原尒　赤根刺　日之盡　鹿自物　伊波比伏管　烏玉能　暮尒至者　大殿乎　振放見乍　鶉成　伊波比廻　雖侍候　佐母良比不得者　春鳥之　佐麻欲比奴礼者　嘆毛　未過尒　憶毛未不盡者　言左敝久　百濟之原従　神葬〻伊座而　朝毛吉　木上宮乎　常宮等　高之奉而　神隨　安定座奴　雖然　吾大王之　万代跡　所念食而　作良志之　香來山之宮　万代尒　過牟登念哉　天之如　振放見乍　玉手次　懸而將偲　恐有騰文

大体の意味は次の通りである。

「口にするのも恐れ多い明日香の真神の原に、天を治める大神として、お隠れになった大君（天武天皇）はお治めになる背面山の不破山を越えて、わざみが原の行宮（あんぐう）を御座所にして東国を服従させよと高市皇子にお任せになった。高市皇子は自ら大刀を帯び、手には弓を持って、兵員を募集したので、軍兵の鼓は雷のようにとどろき、笛は敵を見た虎がほえるようだったので、人々はおびえるほどだった。

捧げもった旗の靡くさまは、春が来て野焼きの火の風に靡くようにみえ、皆が持つ弓はずの音は雪が降る冬の林のつむじ風のように恐ろしく聞こえた。引き放つ矢の多さは大雪が乱れ降るようだった。敵も死なば死ねと必死に立ち向かってきたが、伊勢の渡会の斎宮から神風が吹き、天雲で太陽を覆い隠してしまった。

そして平定された瑞穂（大和）の国を、わが大王（高市皇子）が天下を治め給うた。永久に（高市皇子の）治世が続くと思っていたところ、栄えていた我が大王、皇子の御門を神宮のように装い、（高市皇子に）仕える人々は喪服の麻衣を着て御門の前で鹿のように嘆き伏したり、夕べには宮殿を振り仰いだりして、さまよっていた。

このような嘆きも想いも過ぎゆかないうちに、公表もないまま（高市皇子は）百済の原に神として葬られてしまった。大王（高市皇子）が万代までもと作られた香具山の宮は、万代まで続くと想っていたのにと（自分は）香具山を仰ぎ見ながら、想いをこめて偲んでいる。恐れ多いことながら」

この歌の前半は高市皇子が「壬申の乱」時に自ら戦った勇壮な場面を活写して、高市皇子の軍功がいかに大きかったかを褒め称えている。

後半は大王として治世していた高市皇子の死を、人麻呂を含めて多くの人々が嘆き悲しんだ様子を描写している。このように、この歌では「壬申の乱」の功績によって、高市皇子が大王すなわち天皇になったとしているが、反面、「皇子の御門を…」とあるから、この歌だけで高市皇子が即位していたという証明にはならない。ただし人麻呂のこの歌は、総じて「壬申の乱」における高市皇子の活躍を活写すると同時に、高市皇子が即位していた事実を事実として歌っていることに間違いない。

さらにこの歌から高市皇子が「百済の原」に葬られたことと、高市皇子の宮城が香具山にあったということ、題名から城上(きのへ)に殯宮が置かれたことがわかる。私は「百済の原」は現実にあった地名ではなく、高市皇子が天智天皇に連なる百済系の人物だったことを暗示するために葬られた城上周辺を「百済の原」と歌ったと想像している。城上の所在地は香具山の東北、栗原川と寺川の合流点あたりとする説(渡里恒信「城上宮について」)がある。

▩明日香皇女への挽歌からもわかる「消された天皇」

一応、人麻呂の最後の挽歌は明日香皇女への挽歌ということになっている。それは『続日本紀』によれば、明日香皇女は文武四（七〇〇）年四月に没したことになっているからである。しかし、明日香皇女への挽歌（巻二―一九六）は『万葉集』によると、六九六年に没した高市皇子の挽歌のすぐ前にあることからみて、高市皇子より前に没した可能性がある。

明日香皇女木瓰の殯宮の時、柿本朝臣人麿の作る歌一首　并に短歌

196 飛鳥の　明日香の河の　上つ瀬に　石橋渡し　一に云ふ、石並み　下つ瀬に　打橋渡す
石橋に　一に云ふ、石並みに　生ひ靡ける　玉藻もぞ　絶ゆれば生ふる　打橋に　生ひ
ををれる　川藻もぞ　枯るればはゆる　何しかも　わご王の　立たせば　玉藻の
もころ　臥せば　川藻の如く　靡かひし　宜しき君が　朝宮を　忘れ給ふや　夕宮
を　背き給ふや　うつそみと　思ひし時　春べは　花折りかざし　秋立てば　黄葉
かざし　敷栲の　袖たづさはり　鏡なす　見れども飽かず　望月の　いやめづらし

み　思ほしし　君と時々　幸(いでま)して　遊び給ひし　御食向(みけむか)ふ　城上(きのへ)の宮を　常宮(とこみや)と
定め給ひて　あぢさはふ　目言(めごと)も絶えぬ　然れかも　一に云ふ、そこをしも　あやに悲し
み　ぬえ鳥の　片戀嬬(かたこひつま)　一に云ふ、しつつ　朝鳥の　一に云ふ、朝霧の　通はす君が　夏草の
思ひ萎(しな)えて　夕星(ゆふつつ)の　か行きかく行き　大船(おほぶね)の　たゆたふ見れば　慰むる　情(こころ)も
あらぬ　そこ故に　せむすべ知れや　音のみも　名のみも絶えず　天地(あめつち)の　いや遠
長く　偲(しの)ひ行かむ　み名に懸(な)かせる　明日香河(あすかがは)　萬代(よろづよ)までに　愛(は)しきやし　わご
王(おほきみ)の　形見かここを

明日香皇女木𥓙殯宮之時、柿本朝臣人麿作歌一首并短哥

飛鳥　明日香乃河之　上瀬　石橋渡　一云、石浪　下瀬　打橋渡　石橋　一
云、石浪　生靡留　玉藻毛叙　絶者生流　打橋　生乎烏礼流　川藻毛叙
干者波由流　何然毛　吾王能　立者　玉藻之母許呂　臥者　川藻之如久
靡相之　宜君之　朝宮乎　忘賜哉　夕宮乎　背賜哉　宇都曾臣跡　念
之時　春部者　花折插頭　秋立者　黄葉插頭　敷妙之　袖携　鏡成　雖
見不猒　三五月之　益目頬染　所念之　君与時々　幸而　遊賜之　御食

向　木䃲之宮乎　常宮跡　定賜　味澤相　目辞毛絶奴　然有鴨　一云、所己乎之毛　綾尓憐　宿兄鳥之　片戀嬬　一云、爲乍　朝鳥　一云、朝霧　徃來爲君之　夏草乃　念之萎而　夕星之　彼徃此去　大船　猶預不定見者　遣悶流　情毛不在　其故　爲便知之也　音耳母　名耳毛不絶　天地之　弥遠長久　思將徃　御名尓懸世流　明日香河　及万代　早布屋師　吾王乃形見河此焉

この歌の意味はほぼ次のようなものである。

「明日香川の上流には石橋を渡し、下流には打橋を渡してある。その石橋に絡んで靡(なび)く玉藻は絶えれば、また生える。打橋の川藻も枯れれば、また生える。

それなのに、わが王(おほきみ)がお立ちになれば玉藻のように、お臥(ふ)しになれば川藻のように互いに靡きあった（背の君の）朝宮をお忘れになったのだろうか。夕宮にも背(そむ)き給(たま)うのか。

かつて春には花を折りかざし、秋が来れば黄葉をかざし、互いに袖をからませて、

鏡のように見飽きることなく、満月のようにいとしく思われた君と時々、お出ましになって遊ばれた御食向かう城上の宮を死後の宮と定められて、お逢いになることも言葉をかわされることもなくなってしまった。

そこで背の君はとても悲しみ、夏草のように悲しみにしおれ、夕星のようにあちらこちらに、大船のようにさまよわれる様子を拝見すると、あまりのつらさに、私の心さえ慰める言葉が浮かばない。

それゆえに、せめて明日香皇女という言葉だけはいつまでも偲んでいこう。明日香皇女に係る明日香川はいつまでも愛しい。わが王（明日香皇女）の形見の川としよう」

明日香皇女は天智天皇の娘だが、母は蘇我氏系の阿倍倉梯（くらはし）麻呂の娘、橘（たちばな）娘だった。明日香皇女は『万葉集』に歌を残していないし、誰の妻だったかも不明である。当時の皇女は誰かの妃にならなければ、伊勢神宮の斎宮になる以外、生きる道はなかった。ところが明日香皇女に限っては何の記録も残されていない。

人麻呂は明日香皇女を「わご王（おほきみ）」と呼んでいる。「おほきみ」は本来、天皇に限られる呼称である。さらに明日香皇女の挽歌の中で人麻呂は「君と時々　幸（いでま）して　遊

び給ひし　御食向ふ　城上の宮を　常宮と　定め給ひて…」と歌っている。

吉野裕子氏（『陰陽五行と日本の文化』）によると、「御食向ふ城上」は次のように解釈される。

北極星は「天皇大帝・太一」といわれ、宇宙の大神である。北極星と相即不離の関係にある北斗七星は天上の大匙とも解され「璣」とも称される。同様に大匙型の南斗は「機星」と称され、北斗・南斗は共に太一に神饌（神食）を輸し送る役目を持つ星である。即位儀礼の大嘗祭の神饌を「輪璣」・「輪機」と称するのは北斗七星の「璣」、南斗の「機」のキから来るという。

大嘗祭は神と天皇が共食する即位儀礼だから、「御食向ふ城上」のミケに「食」という字を当てているのは大嘗祭における神饌からくるものだろう。

こうしてみると「御食向ふ」という枕詞は即位儀礼からくるものだから、すべて天皇の所在地に係る枕詞と考えられる。

さらに「幸して」と天皇・皇后にだけ使われる用語があるところからみて、またこの場合の「王」とは、「おほきみ」と振仮名されているところからみて、「大王」のことである。「大王」とは天皇であることは言うまでもない。明日香皇女はその身分からしても、夫は天皇だった可能性は高い。

明日香皇女の時代は高市持統朝時代だから、私は明日香皇女の夫は高市皇子だったのではないかと推量している。その根拠としては人麻呂の歌から両者が共に城上に葬られたとあることである。明日香皇女は高市皇子と同じ城上に葬られているのだ。

ただし『延喜式』(巻二一・諸陵寮)には高市皇子の墓は三立岡墓(みたてがおか)といい、大和国広瀬郡にあるという。明日香皇女の陵墓については『延喜式』に記載されていない。

こうしてみると、明日香皇女が高市皇子の正妃だった事実は後世、抹殺されたようだ。明日香皇女が何らかの事件に係わっていなければ後世、高市皇子妃だった事実を抹殺する必要はないはずである。

『続日本紀』には明日香皇女は七〇〇年四月に没したとある。しかし、『万葉集』では六九六年七月に没したという高市皇子の挽歌のすぐ前に挽歌があるところからみて、明日香皇女は七〇〇年以前に没したとみられる。さらに人麻呂は明日香皇女の挽歌で、明日香皇女が亡くなると、夫がその死を悲しみ、人麻呂は慰めるすべを知らなかったとある。その意味は大きい。この歌で明日香皇女の死時、高市皇子は生存していたことがわかるからである。高市皇子は明日香皇女の死後没したのである。そうすると明日香皇女は六九六年七月の高市皇子の死以前に没したと推定される。おそらく明日香皇女は高市皇子と同年、『続日本紀』よりみて四月に没したのだろう。『続日本紀』が明日香皇女の死を七〇〇年に置いた理由は、高市皇子の正妃の明日香皇女が高市皇子と同じ頃に没した事実を後世の人々に知られたくなかったからではないか。ほとんど同時に夫婦が没するのは長屋王の例を挙げるまでもなく、政変によって殺された可能性が強いし、世の人々もそれと察知するからである。

明日香皇女が高市皇子とほぼ時を同じくして没したという可能性からみても、明日香皇女は持統天皇こと高市皇子の正妃であり、皇后だったとみられる。

高市皇子と明日香皇女が相前後して没したとするなら、当時の政治情勢からみて両者共に暗殺されたというのが真相なのではないか。後世、この事実を隠すために、明日香皇女の高市皇子の正妃としての地位を抹消すると同時に、『続日本紀』は明日香皇女の死亡時期についても改竄（かいざん）したのではないだろうか。

ただし、改竄は後世なされたことであって、高市皇子と明日香皇女の暗殺は当時でも極秘だったようだ。両者が城上に共に天皇と皇后として葬られたことは、人麻呂の挽歌が証明している。

当時、高市皇子と明日香皇女の死は病死と公表されたらしく、大和朝廷の内乱には発展しなかった。高市皇子の忠臣になっていた人麻呂も、しばらくは大和朝廷の内部で、その地位を温存していたらしい。高市皇子と明日香皇女の死の真相は闇に葬られ、大和朝廷内に弓削皇子のように多少の反対者がいたが、何事もなかったかのように、鸕野皇女の推す軽皇子こと文武天皇が即位することになったのである。

■「磐代(いはしろ)の濱松が枝…」と人麻呂の「最後の歌」の相似

大和朝廷での人麻呂の最後の歌（巻一―一四六）は、大宝元（七〇一）年九月に和歌山県に行った文武天皇に扈従(こじゆう)した時の歌である。

大寶元年辛丑、紀伊國(きのくに)に幸(いでま)しし時、結び松を見る歌一首柿本朝臣人麿歌集の中に出づ

146 後(のち)見むと君が結べる磐代(いはしろ)の子松がうれをまた見けむかも

大寶元年辛丑、幸二于紀伊國一時、見二結松一歌一首柿本朝臣人麿歌集中出也

後將見跡　君之結有　磐代乃　子松之宇礼乎　又將見香聞

この歌は柿本人麻呂が有間皇子(ありまのみこ)の悲劇を弓削皇子に投影させて、失脚のキッカケになった歌である。その有間皇子の歌（巻二―一四一・一四二）は短歌形式なので、後の人が有間皇子の心情を推し量って作歌したと考えられるが、意味の深い歌である。

有間皇子、自(みづか)ら傷(いた)みて松が枝(え)を結ぶ歌二首

141 磐代(いはしろ)の濱松が枝を引き結び眞幸(まさき)くあらばまた還り見む

有間皇子、自傷結二松枝一歌二首

磐白乃　濱松之枝乎　引結　眞幸有者　亦還見武

142 家にあれば笥(け)に盛る飯(いひ)を草枕旅にしあれば椎(しひ)の葉に盛(も)る

家有者　笥尒盛飯乎　草枕　旅尒之有者　椎之葉尒盛

磐代は地名（和歌山県日高郡みなべ町）で、孝徳天皇の子、有間皇子が中大兄皇子の罠にかかり、謀反の罪で紀州白浜町の湯崎温泉に連行される道中の歌である。「浜に生えている松の枝を結んで、もし生きて帰ることができたなら、この結び松を再び見よう」という意味である。松を結ぶとあるところに、有間皇子が松にかけて大海人皇子（天武天皇）が中大兄皇子に助命運動をしてくれることを密かに願った歌と推測される。

次の歌は「家にあれば、飯を笥に盛るが、旅の途中なので椎の葉に盛る」と有間皇子の旅の情景を描写しているに過ぎないようにみえる。ところが、この歌にも有間皇子の天武天皇にすがる想いが託されているのだ。

家に居れば飯を笥に盛るとあるが、笥は竹で作った蓋のある箱をいう。当時、身分の高い人々は金属か、漆塗のお椀に飯を盛った。ここに笥があるのは、笥が天武天皇を暗示しているからである。

天武天皇は漢高祖をもって自らを任じた人だが、高祖は若い頃、貧しかったため、竹皮に漆を塗って冠としたので、竹で作った冠を高祖の姓である劉（りゅう）から「劉氏の冠」といった。北畠親房（きたばたけちかふさ）（『神皇正統記』）によると天武天皇の時、竹に漆を塗った漆塗の冠を着用するのが始まったという。親房はおそらく、天武天皇の漢高祖指向をいわんとしたのだろう。

次の椎の葉に盛るとあるが、椎の葉は飯を盛るにはいかにも小さ過ぎる。持統天皇の歌として次のような歌（巻三―二三六）がある。

　天皇、志斐（しひ）の嫗（おみな）に賜ふ御歌一首

236 不聴（いな）と言へど強（し）ふる志斐のが強語（しひがたり）このころ聞かずて朕（われ）戀ひにけり

　天皇賜二志斐嫗一御歌一首

不聴跡雖云　強流志斐能我　強語　比者不聞而　朕戀尒家里

「いやだと言っても強いる志斐の強語（しいがたり）をこの頃、聞かなくなったので恋しくなった」

という意味だが、「强語」は「しひがたり」と振仮名されており、志斐は「しひ」と振仮名されている。椎も「しひ」と振仮名されている。こうしてみると椎は「強(し)い」と同音異意の言葉で、有間皇子の歌にわざわざ椎の葉とあるのは、有間皇子が強いて、つまり強制的に中大兄の許に連行されたという暗語と解釈される。有間皇子に代わってこの歌を作った人は、有間皇子が天武天皇に救いを求めていたと考えていたようだ。

孝徳天皇の子の有間皇子は、中大兄皇子の腹心の蘇我赤兄がしかけた罠にはまり、斉明朝打倒の陰謀を計画した。この陰謀はただちに赤兄から中大兄皇子に伝わり、有間皇子は中大兄皇子のいた武漏(むろ)（和歌山県白浜湯崎温泉）に連行され、そこで殺された。

連行される途中で有間皇子は松を結んで幸運を祈ったのである。この事件は斉明四（六五八）年のことだった。

この年は蝦夷を兵力とした大海人皇子が、高句麗勢を率いて日本海側から中国東北部を侵略した。したがって大海人皇子は大和地方にはいなかった。もとより大海人皇子と孝徳天皇は共闘していたから、中大兄皇子は大海人皇子の不在を狙って有間皇子を罠にかけたのである（『白村江の戦いと壬申の乱』）。

一方、天武天皇の子の弓削皇子は『懐風藻』により、文武天皇の即位に反対したことがわかっている。弓削皇子は文武天皇即位三年の六九九年七月に没した。

人麻呂の歌の「子松」とは、松で表意される天武天皇の子の弓削皇子を暗示しているようである。人麻呂は密かに文武天皇によって殺されたらしい弓削皇子に有間皇子の悲劇を重ねて同情した歌を作ったのである。

文武天皇としては、この機会を待っていたのだ。この歌を理由に人麻呂は地方に追いやられたらしく、人麻呂は七〇一年のこの歌を最後に二度と大和朝廷に復帰することはなかった。

処刑された人麻呂

『続日本紀』和銅元（七〇八）年四月条に「従四位下柿本佐留（さる）卒す」とある。梅原猛氏（『水底の歌』上）は、この佐留が人麻呂だろうとするが、正論だろう。

和銅元年は天智天皇の娘の元明天皇が即位して二年目にあたる。人麻呂ではなく、佐留という蔑称を使っていること、庶人に使う「卒」としているところからみて、本来、人麻呂が従三位という高官だったことを思いあわせると、流罪になった場所で没したことが、この『続日本紀』からも察せられる。

人麻呂が死に臨んだ時の歌（巻二―二二三）がある。

柿本朝臣人麿の、石見國に在りて臨死らむとする時、自ら傷みて作る歌一首

223 鴨山の岩根し枕けるわれをかも知らにと妹が待ちつつあらむ

柿本朝臣人麿在二石見國一臨死時、自傷作歌一首

鴨山之　磐根之巻有　吾乎鴨　不知等妹之　待乍將有

「鴨山の岩を枕に死んでいる自分を知らずに、妻はひたすら私の帰りを待っているのだろうか」という哀切きわまりない、死に臨んだ最後の歌である。

明治以後、この鴨山の所在地をめぐって諸説紛々だった。古くからの伝承によれ

ば、人麻呂の死んだ場所は島根県益田市を流れる高津川の沖合いにあった鴨島といわれていた。ところが鴨島は平安時代の万寿三（一〇二六）年の大津波で水没してしまった。したがって鴨島は現存しないので、人麻呂の終焉の地が確定できなくなったのである。

それともう一つ、人麻呂が没した時、妻の歌（巻二―二二四・二二五）に「石川」という川名があることから、なお鴨島説がゆらいだ。

柿本朝臣人麿の死りし時、妻依羅娘子の作る歌二首

224 今日今日とわが待つ君は石川の貝に一に云ふ、谷に交りてありといはずやも

柿本朝臣人麿死時、妻依羅娘子作謌二首

且今日〻〻〻　吾待君者　石水之　貝尓一云、谷尓　交而　有登不言八方

225 直の逢ひは逢ひかつましじ石川に雲立ち渡れ見つつ偲はむ

直相者　相不勝　石川尓　雲立渡礼　見乍將偲

「今日帰るかと私が待っている、あなたは石川の貝に交じっているというではないか」とある貝はこの場合、人麻呂が貝のような白骨になっているという意味である。人麻呂はとうの昔に亡くなっていたのを知るすべがなかった妻の嘆きの歌である。

しかし鴨島は海中に浮かぶ小島であって、川は流れていないし、益田市を流れる高津川もかつて石川と呼ばれた形跡はない。私は視点を変えてみた。つまり石川を現実の川ではないとするのである。

元明天皇の母は姪娘（めいのいらつめ）といい、蘇我山田石川麻呂の娘だった。元明天皇は天智天皇の娘でもあり、草壁皇子の妻でもあった。大津京の大友皇子朝時代、高官に就きながら天武朝で大友皇子を裏切って、復帰した人麻呂を許せなかったことは想像に難くない。しかも人麻呂は「壬申の乱」の時、大友皇子を見捨て、大海人皇子側についた高市皇子の寵臣でもあった。

文武天皇にとって人麻呂はそれほど恨む対象ではなかったようだ。厚遇しないまでも歌人として名高い人麻呂が、高市皇子亡き後もそのまま仕えてくれたなら、それまで通り、大和朝廷の一員としていただろう。しかし弓削皇子への思い入れの歌を人麻呂が作ったことから、自分に対する不満を知り、大和朝廷から遠ざけたのだろう。

しかし元明天皇はそうはいかなかった。父親天智天皇の恨み、兄大友皇子の恨み、そして夫草壁皇子の恨みが重なって、ほとんど即位すると同時に、人麻呂の処刑を命じたようだ。

人麻呂の妻の依羅娘子（よさみのをとめ）は、人麻呂の処刑を命じた元明天皇を何かの形で暗示して世に知らせたかった。しかし公に元明天皇を非難する立場にない。そこで歌の中に、さりげなく元明天皇の母方の石川という名を織り込んだのではないか。石川という言葉を使うだけで、心ある人なら人麻呂の処刑を命じたのが元明天皇であることがわかるようにしたのである。

さらに「石川に雲立ち渡れ」とあるが、この「雲」は火葬の際に立つ煙を暗示している。依羅娘子は元明天皇を呪い、死を願っていたのである。元明天皇に一矢報いようとした人麻呂の妻、依羅娘子の意図が千年経た今も完全に葬り去られたままなのは無念だろう。

第Ⅱ部のまとめ

高市皇子は、百済武王の子、中大兄皇子が済州島に追放された不遇な少年時代に済州島土着の女性との間に生まれた。六六一年から始まる中大兄皇子等の百済復興戦に一九歳で参加し、そのまま倭国に定着した。

中大兄皇子が天智天皇として即位すると同時に、唐国の意向もあって年少の大友皇子が立太子した。

大友皇子立太子に不満な高市皇子は天智天皇と大海人皇子（天武天皇）の熾烈な争いに際して、天武天皇側として暗躍した。それに大海人皇子と額田王との間の娘、十市皇女が加担していた。

「壬申の乱」で近江朝が敗北して、大友皇子が殺されると、高市皇子は当然、自分が即位すると思っていた。ところが外国勢をバックにした大海人皇子が突然、倭国を簒奪した。すでに近江朝が滅び、軍事力のない高市皇子は皇位三番目の候補者としての地位に甘んじる他なかったのである。しかし高市皇子は何度となく母方の耽羅(たむら)勢によって天武朝を滅ぼそうと試みている。そこで天武天皇は新羅文武王と共闘して耽羅国を攻めたため、耽羅国は敗れ、天武天皇の生存中に高市皇子が即位することはできなかった。

結局、天武天皇は天武朝に反対する唐国勢によって、高句麗の旧地に逃げる途上で殺された。

天武天皇が没すると、まず唐国の意により、天武天皇の子だが、母が天智天皇の娘である大津皇子が即位した。しかし国内の基盤が弱く、反大津皇子派、つまり高市皇子、日本に亡命していた文武王、そして草壁皇子・鸕野皇女等が結集して大津皇子を謀反の罪で粛清した。

当然、皇太子の草壁皇子が即位するはずだが、二〜三年の空位の後に草壁皇子は没する。草壁皇子が没して、ようやく草壁・大津皇子に次ぐ、皇位継承三番目の高市皇子、つまり持統朝が成立したのである。

一方、柿本人麻呂は百済の貴族木素貴子(もくすくいし)として生まれ、「白村江の戦い」の後に倭だ。

国に亡命して、大友近江朝の重臣になった。しかし人麻呂は主として高市皇子を選んだ。

高市皇子と行を共にした「壬申の乱」が終わり、高市皇子の雌伏の時代も過ぎ去ろうとしていた。「壬申の乱」から約一〇年後、天武朝が末年に近くなった頃、人麻呂は天武天皇に歌人として認められ、大和朝廷に日本人名の柿本人麻呂として登場した。人麻呂は天武朝末期になると、再び高市皇子の即位に賭けようとして、今度は歌人として大和朝廷の一員になったようだ。

高市皇子の持統朝は成立したが、一〇年間で終わった。この間が人麻呂の後半生における最良の日々だったことだろう。数多くの歌がこの時期に残されている。

高市皇子が没して持統朝が終わり、天武天皇の長子である文武天皇が即位すると、人麻呂は遠ざけられるようになった。さらに天智天皇の娘である元明天皇が即位すると、流罪先の石見で近江大津朝への裏切り者として処刑されたようである。

果たして人麻呂を裏切り者として切り捨てて済むのだろうか。

人麻呂の生涯を見通すと、一本の線が通っているようだ。それは百済系の天智朝を正統とする観念である。このことは人麻呂が単なる職業歌人でなかった証明になろう。

人麻呂は亡命百済貴族として、百済系天智朝の存続に生涯を賭けた政治家でもあったと私は考えている。

第Ⅲ部　『万葉集』成立の謎を解く

第一章　『万葉集』の序文は、なぜ失われたのか

■天皇の意図によって抹消された謎

『万葉集』の最大の謎は、いつ編纂され、編者が誰であるか、今もって確定していないことだ。

同じ万葉仮名で書かれた『古事記』は天武天皇の勅命により、稗田阿礼が詠んだ代々天皇の歴史を、和銅五（七一二）年一月、太安万侶が編纂しなおして元明天皇に献上したと序文にあり、その成立過程は明確である。『万葉集』につづく歌集は『古今和歌集』で、それにも序文に、延喜五（九〇五）年四月一五日、醍醐天皇の勅命により、紀貫之が編纂して完成したとある。これも編纂を命じた天皇、編纂者、成立年月日を明らかにしている。

ところが『万葉集』には序文がなく、いきなり巻一の雄略天皇の歌から始まる。後

書きもないので、その成立由来は再編纂当時からさまざまに憶測され今日に至っている。

江戸時代の僧契沖（けいちゅう）（『万葉代匠記』）が大伴家持（おおとものやかもち）個人の編纂説をとなえてから、一時、編纂者は家持という説が有力だった。しかし『万葉集』には応神天皇時代の四世紀末から八世紀後半までの約四〇〇〇年間にわたる四五〇〇首を超える膨大な歌が集められている。歌の数だけではなく、天皇から庶民まで多様な作者を網羅している上、地方の作歌もあることから、大伴家持一人による私的な歌集ではあり得ないというのが現在、定説になりつつある。奈良時代後期に、ある天皇の勅命により、大伴家持を含めた複数の人物によって編纂されたというのが、『万葉集』編纂に関する過不足ない現在の一般的概念である。

このような国家的事業にもかかわらず、いかなる理由で『万葉集』に限って序文が失われたのか。故意か、偶然かをまず検証する必要があろう。

『万葉集』のほぼすべての歌が現在に伝えられているにもかかわらず、序文だけが残片すら残っていないところからみて、私はある時期、序文だけが故意に消されたと思っている。序文がないことによって、編纂を命じた天皇、編纂者、編纂目的、いつ編纂されたかという編纂時のすべてが不明になった。

序文を消したのはこれらすべてを闇に葬るためだったのだ。つまり後年の一時期、政治的配慮が働いて、序文は消されたと私は推測している。その時期とは『万葉集』は政治的意図をもって編纂された歌集だから、『万葉集』の編纂を命じた天皇を否定する立場にあった天皇時代にターゲットが絞られる。

序文が消された時期とは、大まかにいって奈良時代の天武系天皇時代から、奈良時代末に光仁(こうにん)天皇に移行した時代、続く平安時代の桓武(かんむ)天皇時代に推定される。

つまり『万葉集』の序文は天武系天皇によって発想されたことは間違いない。『万葉集』は大伴家持の私集ではなくとも、家持が編纂時に生存していたこと、何よりも『万葉集』における彼の歌の多さ、聖武天皇の近臣として大和朝廷の中枢にいたことなどから宮廷歌人としての地位を確立していたとみられ、彼が編纂に係わっていたことは間違いないと考えられているし、私もそう思う。

特に家持の歌は『万葉集』の後半から非常に多くなる。彼の歌の年月のわかる最終の年月日は天平宝字三（七五九）年一月である。したがって『万葉集』はそれ以後、編纂されたことは間違いない。彼が没したのは延暦四（七八五）年だから、一つのめどとして『万葉集』は少なくとも七八五年までには一応の完成はしていたとみてよい。

序文を消したのは紀貫之？

『万葉集』の序文が消されたのが明確になったのは『古今和歌集』が編纂された醍醐天皇時代だった。『古今和歌集』の漢文の序文には、『万葉集』は平安時代初期の平城天皇が勅命し、編纂させたとあるからだ。しかし『万葉集』が、初期とはいえ平安時代に編纂されたとは後世の誰一人信じてはいない。『古今和歌集』の和文の序文では、奈良の天皇時代に広まったと、ぼかした表現をしている。『古今和歌集』を編纂したのは紀貫之らである。おそらく彼らが『万葉集』の序文を破棄し、代わりに『古今和歌集』の序文で『万葉集』の成立を平城天皇時代にすり替えたのだろう。

ただし、ここで注目すべきは『古今和歌集』が『万葉集』という歌集そのものの名を初めて世に出していることだ。桓武天皇の延暦年間に成立した奈良時代の正史である『続日本紀』には、『万葉集』に関する記事は一切みえない。『万葉集』は平安時代のこの時まで、司馬遷の『史記』が長年、壁の中に隠されていたように、序文を含めた『万葉集』そのものが、なかったものとして史上から消されていたのである。

『万葉集』が、いつ、どのような理由で否定されたかを知る手がかりは、序文を消した紀貫之等が編纂した『古今和歌集』の序文の「昔、平城の天子、侍臣に詔して万葉集を撰ばしむ」にある。なぜ『古今和歌集』の編者たちは『万葉集』の成立を平城天皇時代としたのだろうか。

平城天皇は平安朝初代桓武天皇の次の天皇で、在位期間は八〇六年三月から九年四月までと極めて短く、彼が政争によって譲位させられた直後に、復位を狙って「薬子の乱」を起こし、失敗したことは有名な話である。「薬子の乱」後、彼は幽閉された様子で、直系も断絶している。『古今和歌集』の撰者がこの平城天皇の時代を『万葉集』成立の時にしたのは、平城天皇をあて馬にしたからと私は推測している。つまり平城天皇は平安時代の諸天皇にとって悪名高く、排除したい天皇であり、子孫は誰も即位していない。彼は抹殺された『万葉集』の編纂を意図した天皇と二重写しにするにふさわしい天皇だったのではないか。

それともう一つ、平城天皇は『万葉集』立案当時の天皇と似た境遇にあった人物だったと考えられる。つまり最初に『万葉集』の編纂を命じた奈良時代の天皇は平城天皇と同系の人物だったからではないか。

『万葉集』の勅命を下し、後にそれを否定された天皇とは聖武天皇だったと私は推測している。『万葉集』は天武系天皇の聖武の発案によって成立した歌集だから、序文には天武系王朝の正統性が色濃く出ていた可能性があり、それが平安時代に天智系とされる桓武朝によって消される理由の一つになったことが推測されるからである。

しかし『万葉集』には、天智天皇の歌も天智天皇の皇子等の歌も載せられているところからみて、序文は消されたにしても、天智系天皇時代になったから『万葉集』本体が消されたという理由は成立しない。

問題は大伴家持にある。大伴一族は延暦四（七八五）年九月、桓武天皇の寵臣藤原種継（ふじわらのたねつぐ）を暗殺した。一族の長老だった家持は同年八月にすでに没していたが、事件に連座したとして死後にもかかわらず除名され、息子等は流罪に処せられた。

生前、家持は光仁天皇の息子で桓武天皇の弟とされる早良皇太子の春宮大夫だった。早良皇太子は事件直後、廃位され、淡路に流罪になる途中、没した。家持の死、大伴一族の流罪、早良皇太子の流罪途上の死という一連の事件は、種継暗殺を計画した者が早良皇太子であり、家持が大伴一族を決起させたと桓武天皇が考えていたことを示すものだろう。そこで桓武天皇は、反逆者家持が大いに貢献した日本を代表する歌集である『万葉集』そのものをこの世から抹消しようとしたのではないか。

七八五年をもって『万葉集』の本体も序文も、いわば公文書の地位を失い、民間で密かに伝世されていたのではないかと私は推測している。

それから一二〇年後、『古今和歌集』の編者が『万葉集』について記した醍醐天皇時代の九〇五年頃になって、『万葉集』は歌集としての存在が再び認められた。しかし同時に『古今和歌集』の編者たちは、『万葉集』の編纂を命じた天皇が天武系で、家持が忠臣として仕えた聖武天皇であることを知っていた。そして編纂者の名誉を、桓武天皇に弓を引いた家持に与えるわけにはいかなかった。そこで、天智系ではあっても、聖武天皇と同じように心ならずも譲位せざるを得ない運命をたどった平城天皇を、『万葉集』の編纂を命じた当事者として名を残そうとしたと私は推測しているのである。

つまり紀貫之等は『万葉集』の本文は後世に残したい。しかし『万葉集』が聖武天皇の勅命により、天武朝正統を明言し、家持が係わったという序文は後世に残したくはなかった。そこで序文を消し、聖武天皇と似た境遇の平城天皇勅命にすり替えたのではないか。

なぜ万葉仮名には法則性がないのか

醍醐天皇時代以後、『万葉集』が日本最古の歌集として再び取り上げられたのは、村上天皇の天暦年間（九四七〜五七）だった。源順（みなもとのしたごう）や清原元輔（もとすけ）等が『万葉集』の一つ一つの歌にひらがなの訓み（よ）をつけた。それまでの『万葉集』は漢字ばかりの、いわゆる万葉仮名だけの歌集だったのである。したがって現在、私たちが知っている万葉歌はどう古くても平安時代に振仮名されたものだから、奈良時代のオリジナルの発音ではない。

しかも現在に至るまで、万葉歌の個々の解釈は人によって著しく相違しているだけでなく、誰も読めず万葉仮名のまま残された部分のある歌もある。ここでは『万葉集』における万葉仮名の発音は平安時代の一〇世紀半ばにつけられたものだから、作歌された当時とは違っている可能性があることを認識しておいていただきたい。

実際に現在、『万葉集』二〇巻ほぼ全巻が残っている最古の写本は、平安時代末期、後鳥羽上皇時代の元暦元（一一八四）年成立の「元暦校本」のみである。

一九九三年一二月、関西大学の学長だった広瀬捨三氏が所蔵していた『万葉集』二〇巻が世に出た。これは『広瀬本万葉集』といわれ、関西大学図書館に寄贈されることになった。この『万葉集』は『新古今和歌集』を編纂した藤原定家（ていか）が、鎌倉将軍だった源実朝（さねとも）に贈った『万葉集』（定家本）の写本であることが判明した。時代は鎌倉初期だから、非常に価値が高い。ただし、まだ国文学者によって整理検討されていないから、今後、新しい解釈が出てくる可能性は残されている。

今まで一般に使われていたのは鎌倉中期、僧仙覚（せんがく）が校訂したものである。仙覚は当時、残っていた『万葉集』の写本十数冊を校合して一冊とし、ひらがなで別行に書いてあった訓読みを万葉仮名のそばにカタカナで一首もあまさず訓をつけた。これを新点という。最も著名なのは鎌倉時代末期の書写で、後奈良天皇が西本願寺に下賜されて伝わった新点である。私が参考にしている岩波書店の『日本古典文学大系』（昭和四五年版）なども西本願寺本を底本、つまり参考にしている。

このように『万葉集』には幾通りもの流布本があり、絶対といわれるものはない。歌の解釈、解読も今後、変わってくる可能性は大きい。このように確定できない最大の理由は、何よりも万葉仮名を今日、私たちが詠んでいるような日本の和歌風に解読するのが至難の業だからである。

『万葉集』は漢字の持つ意味を日本語に意訳して発音する表意文字と、漢字の発音をそのまま日本語に当て字する表記方法の表音文字の二つから成立している。表音文字は、三世紀頃の中国江南呉国の発音が早くから日本に入って六世紀頃まで主流だった。日本ではそれを呉（訓）音という。これに対して、七世紀の中国西北の唐国全盛時代の発音を漢音という。『万葉集』は『古事記』と同様、呉音が主体といわれている。『万葉集』の歌の初期はこのような表意文字が表音文字と適度に混じっているが、大伴家持の歌の多い後代の歌になるほど、一字一音の表音ばかりの歌が目立つようになる。

また柿本人麻呂の歌集の一部（巻十）のように、テニヲハ、つまり助詞をすべて抜いて、読む者の想像にまかせる歌もある。

つまり『万葉集』の万葉仮名には法則というほどのものはみられず、現在からみれば、きわめて恣意的といわざるを得ないものもある。たとえば「見る」という動詞にかかる「マソカガミ」という枕詞の例をひこう。解読文のほうは澄んだ鏡という意味で「真澄鏡」に統一している。

しかし本来の万葉仮名には「真十鏡」（巻十二—二九七八・七九）、「白銅鏡」（巻十二—三一八五）、「犬馬鏡」（巻十二—二九八〇・巻十三—三二五〇）、「清鏡」（巻十三—三三一六）、「喚犬追馬鏡」（巻十三—三三二四）、「麻蘇鏡」（巻十七—三九〇〇）、「末蘇可我美」（巻十九—四二二一）とあり、解読文の「真澄鏡」は一つもない。「真澄鏡」は平安時代の意訳なのである。

マソカガミの万葉仮名のうち、「白銅鏡」と「清鏡」は漢字の意味をとって発音する表意文字であり、「末蘇可我美」は表音文字であることは明らかである。しかし「喚犬追馬鏡」や「犬馬鏡」をマソカガミと発音するに至っては、表音も表意も超えて想像を絶する解釈としかいいようがないではないか。それでも「真澄鏡」については現在まで異論なく通ってきている。このように『万葉集』は、平安時代の解読者によって融通無碍(ゆうずうむげ)に解釈されて現在に至っている。現在でも解読が統一されていない歌が多いのは当然といえる。

平安時代の村上天皇時代になって初めて『万葉集』の万葉仮名は振仮名されたわけだが、このことは、この時代に『万葉集』が日本最古の歌集として再び脚光を浴びたということである。しかしやはり『万葉集』の編者名も、どの天皇時代に成立したかも明らかにしていない。

この時期になってすら『万葉集』は歌集としての価値しか認められなかったのである。

■『栄花物語』が語る『万葉集』の成立過程

『万葉集』成立に関する具体的な史料は、一一世紀前半成立の『栄花物語』（巻一）に初めて出てくる。それには「昔、高野女帝の御代天平勝宝五年には、左大臣橘卿諸卿大夫等集まりて萬葉集を撰ばせ給。醍醐の先帝の御時は、古今廿巻撰りととのへさせ給ひて、よにめでたくさせ給」とある。高野女帝とは孝謙天皇のことである。

天平勝宝五（七五三）年に橘諸兄らが『万葉集』を撰し、醍醐天皇時代に二〇巻にまとめたというのである。現在の『万葉集』も二〇巻になっている。

『万葉集』の最初期の古写本は、平安時代中期頃のもので断片的に残っているだけであるが、それ以後の写本でも大体は奈良時代の本文を伝えていると考えられている。

そこで近代の専門家の間では『万葉集』と同年代成立の『続日本紀』や『懐風藻』などとを比較検討して、『万葉集』二〇巻は奈良時代末期の光仁天皇の宝亀年間（七七〇～八〇）に成立したとする説が有力である。しかし大伴家持の歌が大部分を占める巻一八は破損が甚だしく、『万葉集』にはほとんどない平安時代初期のひらがなが使われていることが注目されている。これからみても『万葉集』成立に関する一番古い文献である『栄花物語』が、全二〇巻の成立を平安時代初期の醍醐天皇時代においている事実を無視するべきではないと思う。

私は『栄花物語』のいうとおり醍醐天皇時代、『古今和歌集』の撰者の紀貫之らが『万葉集』を全二〇巻にまとめたと考えている。同時にそれまで存在していた『万葉集』の序文を抹消し、新たに『万葉集』の成立時期を『古今和歌集』の序文において、平城天皇の勅命と改竄（かいざん）したと推定する。つまり紀貫之等は過去の歌を取り集めて二〇巻に再編纂し、同時に序文を抹殺して世に出したのである。『万葉集』は最初から二〇巻あったわけではないことを確認しておきたい。

現在では巻一は雄略天皇代で、巻二は仁徳天皇代と、最初に天皇代を明らかにしていること、宮廷関係の歌が多いこと、後の『古今和歌集』や『後撰集』にこの両巻の歌は含まれていないことなどから、初めて『万葉集』として成立したのは巻一か、もしくは巻二までで、巻三以後は後に補足されたと考えられている。

『栄花物語』にみえる、初めて『万葉集』が撰せられたという天平勝宝五（七五三）

年は、聖武天皇はすでに譲位して孝謙天皇時代である。前年の天平勝宝四（七五二）年には東大寺の大仏の開眼供養が行なわれた。同時にこの年の暮れ、大和朝廷は唐国との関係修復を求めて、藤原清河ら遣唐使を派遣した。ところが翌七五三年正月の唐国における朝賀の席で新羅と席順を争う事件を起こした。新羅の景徳王は同年八月に新羅に入った大和朝廷の使者を引見せず、大和朝廷と新羅の関係は最悪になった。当時の聖武上皇は終生、渤海との関係が緊密な人だったが、新羅とも友好関係を保とうと努めていたのである。

唐国は七世紀後半、「白村江の戦い」の直後に天智天皇と講和してから、天智系天皇しか日本国王として公認しなかった。聖武天皇は文武天皇の子だから、天武系天皇である。唐国が承認した天皇ではなかったのである。そこで唐国は遣唐使を受け入れる条件として聖武天皇の譲位を迫ったらしい。聖武天皇自らが望んで譲位したわけではなかったのである。孝謙天皇も天武系だが、天武天皇の嫡子である草壁皇子の娘、元正天皇が天武系でありながら皇位についているところをみると、唐国は天武系でも女帝の場合は黙認したようである。奈良時代に女帝が集中しているのは、このように唐国への配慮があったのである。

光明子(こうみょうし)ら藤原一族が実権を握る大和朝廷は聖武天皇の意に反し、唐国との関係修復を切望した。そこで聖武天皇を退位に追い込み、孝謙即位を推進した。大和朝廷が孝謙即位を実現させたからこそ、唐国は遣唐使の派遣を承認して受け入れたのである(『争乱と謀略の平城京』)。

藤原一族との仲が割れ、新羅との関係も険悪になり、この頃、聖武上皇は窮地に追いつめられていた。聖武上皇の忠臣橘諸兄や大伴家持等が、このような時期、世論を喚起する意図をもって『万葉集』の編纂を計画したことは想定できる。東大寺の造立と同じように、あるいは『古事記』や『日本書紀』と同じように、古今東西の歌を集めて記録し、勅撰の公的な歌集として聖武朝の正統性を訴え、人心を収攬(しゅうらん)しようと志したのだろう。当時の政治情勢よりみて『万葉集』の発想は『栄花物語』の記録通り、天平勝宝五年で、序文はこの頃、書かれたとしてよいと思う。序文には、天武朝が正統であり、自らは正統な皇位継承者という聖武天皇の意図があからさまに書かれていたので、平安時代の初め『古今和歌集』の撰者、紀貫之らによって序文のみ抹殺されたと私は推測している。

それにしても『栄花物語』の編者は平安時代中期のこの時代に及んでも、聖武天皇の勅撰ということと、家持に関して、つまり序文の重要な部分については沈黙している。『万葉集』に聖武天皇や家持が係わった事実はタブーとされていたらしい。それだけ『万葉集』は政治的目的を持った歌集だったといえるのではないか。

■平安時代でもタブーとされた「聖武勅命・家持編纂」

一般的には巻一は『万葉集』が企画され、序文が書かれてから間もなく成立し、少し間をおいて巻二が成立したと思われている。

私も『栄花物語』の記載に従い、『万葉集』が二〇巻にまとめられたのは醍醐天皇時代と考えている。この時に、それまでに存在した巻一と巻二に掲載されていなかった奈良時代の歌を集めて全二〇巻にしたのだろう。しかし巻三以後の歌が必ずしも後年の作歌とはいえない。記憶による記載もあるため、『万葉集』の後半の歌の中には、平安時代の新しい仮名遣いになっているものもある。しかし表記方法が後年のものであったにしても、作者が古い時代の人であれば偽作とするわけにはいかないと思う。口伝による古い歌を平安時代になって書き留めた場合も考慮しなければならないからである。

実際、最後の巻二十（四四七九）には、藤原鎌足の娘で天武天皇の夫人だった藤原夫人の歌が載っている。藤原夫人は天武一一（六八二）年に没しているから、それまでの作歌である。

この歌以外にも、天平七（七三五）年に没した天武天皇の息子の舎人親王の歌が載っているなど、本来、巻一か二にあるにふさわしい歌が巻二十にみえる。これらの歌は奈良時代まで密かに伝承され、この時代になって収録されたものだろう。たまたま忘れられていた歌を巻末の巻二十に取り集めたのだろうが、奈良時代には公表できなかった政治上の機密を秘めた歌を、さほど問題にされなくなった平安時代になって『万葉集』に載せた可能性も考えられる。

巻十九（四二六〇）にも六七二年の「壬申の乱」を平定した直後の大伴御行（家持の父である旅人の伯父）の歌があったりする。『万葉集』は巻を重ねるほど時代が下る傾向にあるが、このように一概にはいえず、最後の巻十九・二十は政治史的には興味深い巻といえる。

第二章　天智朝と天武朝の見えざる影

■「巻一」の最後に天武の子の歌がある理由

巻一の巻頭は雄略天皇の歌である。そして巻一の最後の歌は天武天皇の子、長皇子の次の歌（巻一―八四）である。

長皇子、志貴皇子と佐紀宮に倶に宴する歌
84 秋さらば今も見るごと妻戀ひに鹿鳴かむ山そ高野原の上
右一首、長皇子

長皇子、与㆓志貴皇子㆒於㆓佐紀宮㆒倶宴歌
秋去者　今毛見如　妻戀尒　鹿將鳴山曾　高野原之宇倍
右一首、長皇子

鹿は秋に鳴くから、普通「秋さらば」を「秋になったら」と解釈している。しかし万葉仮名では「秋去者」としている。「秋が去ったならば、今もそうであるように妻を恋うて鹿が高野原で鳴くだろうよ」という意味になる。この歌は今も鹿は鳴いているのに、秋が去ったら鳴くという矛盾した表現なので、昔から解釈が分かれている。私はこの場合の鹿は擬人化された鹿で、天武天皇を指しているとみる。天智天皇を表わす秋が去れば、冬を飛ばして天武天皇の春がくるという意味である。

『新唐書』(列伝一四五・北狄)には特産として「扶余(ふよ)の鹿」を挙げている。扶余の鹿は中国では有名だったのである。扶余とはかつて、現在の中国東北部の松花江(しょうかこう)中流域に住んでいた民族をいう。彼らの一部は紀元前後に南下して、朝鮮半島北部に高句麗という国を建国した。したがって鹿は高句麗を表わす動物でもある。巻一、巻尾の天武天皇の息子、長皇子の歌は父親の出身地、高句麗由来の鹿で、大海人皇子、つまり天武天皇を暗示させていると推測される。

先に述べたように五行思想でいえば、天武は高句麗と同じ木徳の人である。木徳の属性は季節では春、色では青、方向は東、動物は青龍である。天智は金徳の人で、金徳の属性は季節では秋、色では白、方向は西、動物は白虎に該当する。

長皇子は天武天皇の息子だから、金徳の秋が去り、木徳の春がくるのを願ったのである。しかも今も鹿が鳴いているというのだから、この歌は天武系天皇の時代に歌われたことは間違いない。長皇子の同母弟の弓削皇子は、持統朝に続く文武天皇即位に不満の意を表わし（『懐風藻』）、文武即位の二年後の六九九年七月に没した『万葉集』の陰の主役である。

長皇子・弓削皇子二人の兄弟は、文武・元明・元正朝時代にかけて政争の渦中にあった人である。兄弟の母は天智天皇の娘の大江皇女で、二人は持統七年一月、共に浄広弐を授けられている。『書紀』によれば、高市皇子が浄広壱なのだから、破格の待遇といえる。長・弓削二人の兄弟は、高市持統朝に最も接近した天武系皇子だったのである。長皇子がこの歌を作歌した場所は志貴皇子の屋敷、佐紀宮（奈良市西北郊）だった。本来、天武の息子である志貴皇子（『続日本紀』で天智の子と変えさせられた）も、天武系の長皇子との関係は、この歌から表向きよかったのは当然である。

長皇子は七一五年六月に没し、志貴皇子は『万葉集』によると、同年九月に没している。同年同月、元明天皇が譲位し、高市皇子の子、長屋王が後盾になっている草壁皇子の娘の元正天皇が即位した。

元明の譲位と元正の即位、同時期の長皇子と志貴皇子の死は偶然ではない（『すり替えられた天皇』）。両者は元正即位に反対していたとみられる。長皇子は当時、天武直系の最年長の皇子として即位の可能性を残していたし、志貴皇子としても元正天皇の即位に積極的ではなかったろう。

称徳天皇時代、急激に実権を握った僧の道鏡は『七大寺年表』によると、志貴皇子の六男とある。道鏡は河内の弓削地域と因縁が深く、弓削道鏡ともいわれている。その地の式内弓削神社の一つが志紀村にあったことから、道鏡は志貴皇子の子と考えられたのではないかという説（横田健一『道鏡』）がある。いずれにしても道鏡と志貴皇子はなんらかの関係があると考えられていたようだ。

長皇子の弟は弓削皇子である。私は道鏡は弓削皇子の子か孫にあたると考えている（『争乱と謀略の平城京』）。そして志貴皇子の子は白壁王、つまり光仁天皇である。

白壁王と道鏡は疎外された皇統にある者として、藤原仲麿の全盛時代から密かに手を組んでいた。それはすでに白壁王の父、志貴皇子と道鏡の伯父、長皇子時代に遡る関係からくるのだ。

そのことは、この巻一、巻尾の志貴皇子の屋敷での長皇子の歌で想像される。白壁王の父＝志貴皇子の屋敷での、弓削皇子の兄＝長皇子の歌で締めくくって、両者の親密な関係を暗示したのである。こうしてみると、巻一が完成したのは、年代的には仲麿一族が滅ぼされ、孝謙が重祚する七六四年前後、つまり天平宝字末年から神護年間初めにかけての白壁王と道鏡との間が最も緊密な短い期間であると考えられる。

▒挽歌は悲劇の死を遂げた人々への追悼歌である

恋歌の「相聞」と葬送の際の「挽歌」で成立している巻二は『万葉集』の中の白眉といわれている。『万葉集』が単に古い時代の歌集としてではなく、和歌の原点とされたのは、巻二の歌が大きく貢献しているようだ。

もちろん巻二には秀歌といわれる歌が多いが、同時に作者も天智天皇、天武天皇、額田王、鏡女王、藤原鎌足、大津皇子、有間皇子、弓削皇子、高市皇子、鸕野皇女、柿本人麻呂と、いずれも政治史上の重要人物で占められていることも、評価を高めている。

孝徳天皇の子の有間皇子の歌が巻二の「挽歌」のみに載っている。有間皇子は中大兄皇子時代の天智天皇に謀殺された人である。天武天皇の子で、謀反の罪で殺された大津皇子の歌も「相聞」にある。総じていえば巻二は政治裏面史としての性格が強いといえる。

巻二の挽歌に歌われている人は天智天皇、天武天皇、十市皇女、大津皇子、草壁皇子、高市皇子、弓削皇子、但馬(たじま)皇女、明日香皇女、志貴皇子、柿本人麻呂らである。私は天智天皇、天武天皇、草壁皇子、十市皇女、高市皇子、弓削皇子は自死するか、暗殺されたと思っているし、志貴皇子も暗殺されたと推測される（『すり替えられた天皇』）。

あるいは挽歌という言葉自身に、暗殺や自死など不慮の死を遂げた人に対する哀悼の意味を内在させているといえるのかもしれない。

巻二は相聞の仁徳天皇の妃、磐姫（いわのひめ）の夫恋（つまこい）歌に始まり、七一五（霊亀元）年没の志貴皇子への挽歌で終わる。

先に述べたように、志貴皇子は元明天皇譲位から元正即位の政争の渦中で没したらしい（『すり替えられた天皇』）。志貴皇子の子は白壁王で、七七〇（宝亀元）年に即位して光仁天皇になった人である。白壁王が即位することによって、大和朝廷は称徳天皇の天武朝から天智朝に王朝交代したとされる。

巻二の最後に志貴皇子への挽歌があるということは、巻二が完成した頃はすでに志貴皇子の息子の光仁天皇時代（宝亀年間、七七〇〜八〇）だったことが想定される。

光仁朝の時代には、『万葉集』の序文を書かせた聖武天皇も橘諸兄（たちばなのもろえ）も、とうにこの世にない。そして巻一の完成時に陰で権力を握っていた道鏡も失脚している。そうすると『万葉集』発案時に名を連ねていた人で、残るは家持ただ一人である。巻二は大伴家持が中心になって光仁天皇の意を汲（く）んで完成させたと私は考えている。

結論として家持は少なくとも巻一・二までの編纂に直接、係わっていた。そして巻二が完成したのは光仁天皇の宝亀年間だったと推測される。

■「巻一」「巻二」の巻尾に呼応する「巻二十」の家持の歌

最後の巻である巻二十の最後の歌、つまり『万葉集』全体の末尾を飾る歌は、天平宝字三（七五九）年一月、因幡守として因幡国（鳥取県東部）にあった時の家持の歌（四五一六）である。そしてこの歌が史上に残る家持の最後の歌でもある。

この時期は藤原仲麿の全盛時代だった。前年の天平宝字二（七五八）年八月、孝謙天皇が譲位し、仲麿が擁立する淳仁天皇が即位した。前もって同年六月に、家持は因幡守として朝廷を去った。家持は隠れた反仲麿派だったからである。

翌天平宝字三（七五九）年一月は、因幡国で家持が最後の歌を残した年だが、同年一〇月に渤海使者が来日し、渤海と仲麿の大和朝廷との間はより緊密になった。

渤海は建国時から日本とは交流があった。そこで渤海王の大欽茂は日本と共闘して、常に親唐国派の新羅を攻めるべく使者を送ってきたのである。

実は藤原仲麿が、唐国が容認しない天武系の淳仁天皇を即位させることができた背景には、渤海の存在があったと私はみている。唐国が淳仁天皇の即位を認めないので、仲麿は渤海の支持を取りつけて大和朝廷内の反仲麿派を押さえ込んだのである

（『争乱と謀略の平城京』）。

このような時期、家持は因幡国に行ったのである。そしてこの頃の歌が、巻二十の巻末（四五一六）の歌である。

三年春正月一日、因幡国の廳にして、饗を國郡の司等に賜ふ宴の歌一首

4516 新しき年の始の初春の今日降る雪のいや重け吉事

右の一首は、守大伴宿禰家持作れり。

新しい年の初春の今日、降る雪のように一層、良いことが重なるようにという正月にふさわしい平凡な歌である。しかし、この家持の歌が『万葉集』全二〇巻の末尾を飾っていることに重い意味がある。この後、七八五年に没するまでの二六年間にわたって、確実に家持の歌といえる歌は一首もない。家持はこの歌を機に歌人としての生命を断ったといえる。

三年とあるのは天平宝字三年で七五九年のことである。『栄花物語』にいう『万葉

集』が撰せられたという年は六年前の七五三（天平勝宝五）年だった。七五九年のこの時までに聖武天皇も橘諸兄も没して、仲麿政権が樹立した。家持は因幡に行くまでは『万葉集』の編纂どころではなかっただろう。

家持が因幡から帰京を許されたのは七六二年だったらしく、『続日本紀』の同天平宝字六年九月条に、家持の親族の石川年足の葬儀に際して、朝廷側の使者になっている。この頃はまだ淳仁朝だったが、同年六月に孝謙上皇が淳仁と別居し、仲麿独裁は確実に終焉（しゅうえん）に近づいていた。

そして家持は光仁朝の宝亀年間から順調に出世してゆく。

私は因幡守として因幡にあった七五九年頃から、家持は『万葉集』の巻一の編纂を手がけたのではないかと考えている。そこで『万葉集』を全二〇巻に整備した平安時代初期の編纂者は『万葉集』を統括する巻二十の巻尾に、家持の因幡国でのこの歌を持ってきたのではないか。

家持の最後の歌の時代はまだ仲麿時代だった。しかし、この歌から判断すると、家持は仲麿時代が長くはないと予感していたようだ。この歌には春と雪がある。先に述べたように、五行思想でいえば、春は天武朝の属性であり、雪は白いから、『万葉集』では、しばしば天智朝を暗示させている。

家持は春で天武朝を、雪で天智朝を暗示させ、次には天武朝・天智朝両系統の和合の時節が来るという希望を託した歌と私はみる。そしてそれは『万葉集』全体の主題でもあった。さらにこの歌は巻一の巻尾の長皇子の歌、巻二の巻尾の志貴皇子への挽歌に呼応している。

長皇子の歌の歌われた場所が、天智の息子とされた志貴皇子の屋敷だったことからみて、両者は連係していたと考えられる。長皇子の歌の内容は天武朝の永続を願うものと私は解釈した。

巻二の巻尾は志貴皇子への挽歌だった。天智系といわれる志貴皇子（本当は天武皇子）への挽歌で締めくくっている。巻二は天武朝から光仁朝へ移行する苦難の過程を暗示している巻ともいえるのではないか。そうすると巻二の完成時は、先に述べたように光仁天皇の宝亀年間（七七〇～八〇）だろう。

そして『万葉集』完成時の最後の編者らは、最終の巻二十の巻尾に家持の歌をもってきて、『万葉集』を総括したのである。

最初に『万葉集』を企画した聖武天皇らの意図は天武朝が正統であることを後世に残すためだったから、序文にはその意志が明快に書かれていた。

しかし実際に編纂に携わった家持以下の人々、さらに平安時代初期に『万葉集』を巻二十に再編成した人々は、天智・天武朝の融合を目的としたので、『万葉集』は初期の目的とは相違してきた。『万葉集』の序文は編纂の最終過程で消えざるをえない運命を負っていたのだ。

巻一、巻二の巻尾の歌を受けて、家持の巻二十の巻尾の歌はあざなわれる縄のように天武朝と天智朝がからんだ歌で終わらせている。そして『万葉集』二〇巻すべての巻頭の歌が巻一の一、雄略天皇の歌である。

第三章　なぜ『万葉集』は雄略天皇の歌から始まるのか

■「籠もよ　み籠持ち…」は倭王としての支配宣言

巻一―一の雄略天皇の歌は次の通りである。

天皇の御製歌

1 籠もよ　み籠持ち　掘串もよ　み掘串持ち　この岳に　菜摘ます兒　家聞かな　告
らさね　そらみつ　大和の國は　おしなべて　われこそ居れ　しきなべて　われこ
そ座せ　われにこそは　告らめ　家をも名をも

天皇御製歌

籠毛与　美籠母乳　布久思毛与　美夫君志持　此岳尓　菜採須兒　家吉
閑名　告紗根　虚見津　山跡乃國者　押奈戸手　吾許曽居　師吉名倍手

吾己曾座　我許背齒　告目　家呼毛名雄母

「籠も掘串（土を掘る道具）も良いのを持って、この丘で菜を摘む乙女よ。あなたの家がどこにあるか聞きたい。告げなさい。大和の国はおしなべて私が居り、すべてを従えて王座にあるのは、この私である。名のりなさい。家も名も」というのが、およそのこの歌の意味である。

一見、恋歌の「相聞」にみえるが、政治的意味のある「雑歌」の筆頭にきている。この歌は一口に言って倭王としての支配宣言の歌といえる。『万葉集』の巻頭で倭国支配の宣言をする雄略天皇とはいかなる人物で、『万葉集』の成立当時、どのように考えられていたのか。

■枕詞「やすみしし」に潜む天皇家の「本当の姓」

雄略天皇は『日本書紀』でいえば、仁徳天皇から五代目の天皇で、即位は四五七年に比定されている。中国の史料では南朝に朝貢した倭の五王の最後の倭王、武と考えられている。

中国は三世紀の魏・呉・蜀の三国時代を経て、魏の後を継いだ司馬氏の晋から宋の時代になると次第に弱体化し、北東の騎馬遊牧民の台頭に悩まされるようになった。一般的に晋以後の中国の王朝を南朝といい、騎馬遊牧民が興亡した北東の五胡十六国の北朝と分けて考えられている。

南朝の晋・宋は、極東の半島や列島勢力を使って、遊牧民勢力を背後から牽制する政策を採ろうとした。その一環として倭国の朝貢を受け、倭王にそれなりの地位と名誉を与えたのである。晋末から中国に朝貢した倭の五王のうち、最初の倭王讃に比定されているのは仁徳天皇である。巻二の最初に仁徳天皇の皇后の歌があるのは偶然ではない。

『古事記』や『日本書紀』には神代のスサノオノミコトの歌や、初代神武天皇の歌が載っているが、『万葉集』に限っては五世紀前半の仁徳天皇時代の仁徳皇后の歌が一番古い。『万葉集』の編者らは日本の建国を倭の五王の時代に置いていたようだ。

しかし『万葉集』の編者らが、『記紀』に載る歌や伝承や史実を知らなかったわけではない。むしろ神話、説話によらず、日本古代史の史実を歴史学的に受け止めていた節がある。

たとえば「わが大王（おほきみ）」にかかる枕詞（まくらことば）に「八隅知之」というのがある。これは「ヤスミシシ」と発音し、国の八隅（やすみ）、つまり「隅々までを知ろしめす」大王という意味と解釈されている。しかしヤスミシシには敬語はない。大王本人が自称したのならヤスミシシでもよいが、第三者が大王を敬称する意味を込めた枕詞だから「ヤスミシロシメス」と「シロシメス」という敬語が入らなければならない。それに「安見知之」（巻六―九一七）と表記している場合もある。結局、ヤスミシシは漢字に意味を持たせた表意文字ではなく表音文字で、ヤスミシシという発音自体に意味があることがわかる。

私はヤスミシシは「休氏之」と書くのが本来だと思っている。休（きゅう）という字を日本式に訓読みにしているのである。つまり「休氏の」我が大王で、休という姓である天皇という意味と私は考えている。天皇家は本来、休という氏姓の族長だったと思う。

前漢の初め、遊牧民の匈奴（きょうど）は西北から漢を攻め、漢を悩ましていたが、やがて攻勢に出た漢に追われ、分裂して東西に散った。その中に南下する匈奴もあった。南下した匈奴の単于（首長）の姓が休だった（『後漢書』南匈奴伝）。もっとも休という姓は南匈奴に限らず、四世紀の中央アジアの鄯善国の王の姓も休だった（『晋書』「載記」十四）。これよりみて休姓は地域によらず、遊牧民の間で一般的な氏姓だったようだ。

南下した匈奴は雲南から東南アジアにかけて定着していった。しかし紀元前一一一年から漢の武帝は南方に出兵し、北ベトナムから海南島に至る東南アジア一帯を支配下においた。武帝の侵攻により、東南アジアを追い出された匈奴勢力は黒潮に乗って沖縄や奄美大島、九州南部や半島南部にたどり着いた。

九州にたどり着いた南匈奴は、すでに半島から南下して九州北部に存在した国々を避けて出雲地方に入り、さらに大和地方に進出した。そして東南アジアの銅鼓系の特異な銅鐸文化を形成した。それが『記紀』でいうオオナムチ（大物主）という勢力だったと私は考えている。オオナムチは南匈奴の出身なので休という姓だった。休という姓はオオナムチ以後も歴代の倭王の姓として継承された（『解読「謎の四世紀」』）。

南朝の晋の記録は『晋書』だが、巻末に五胡十六国の攻防について記載した「載記」という条がある。三七九（太元四）年（載記十三）条に、高句麗・百済・新羅とあって、次に休忍という国名が記録されている。

神功（じんぐう）皇后と武内宿禰（たけうちのすくね）が応神（おうじん）天皇を連れて大和に入ろうとした時、抵抗して殺されたのが、景行天皇系の土着勢力だった忍熊（おしくま）王だった。忍熊王が殺された時期、つまり神功の一行が大和に入った時期は三八〇年頃に比定される。それまで大和地方は忍熊王が統治していたのである。

忍熊王の姓が休だったため、当時、五胡十六国の世界では忍熊王の姓である「休」と忍熊の名の「忍」をとって大和地方勢力を休忍と称していたのではないか。私は五世紀までの倭王は、少なくとも北朝においては、休という姓と考えられていたと思っている（『解読「謎の四世紀」』）。

しかし七世紀末から八世紀初めにかけて成立した『記紀』は沈黙している。天皇は万世一系にして、天下った神の子孫の現人神（あらひとがみ）であることを主張する『記紀』にとって、天皇に姓があり、しかもそれが南匈奴の姓だったなどということは、もっての他で、もっとも隠蔽したい事項だったのである。むしろこれらの事実を隠蔽したいがために『記紀』は成立したといっても過言ではない。
そこで「休」という倭王の姓は『万葉集』の枕詞として、わずかにその残映を留めていると私は考えている。

雄略を初代倭王に位置づけた理由

江戸時代に至るまで、日本では中国伝来の暦を使っていた。『記紀』ももちろんそうである。具体的にいえば、『書紀』では雄略天皇の即位以前は、持統四（六九〇）年以後に用いられた新しい儀鳳（ぎほう）（七世紀後半作）が用いられ、即位以後は四四三年に作成された古い元嘉（げんか）暦を使っていることが注目されている。

雄略以後から古い暦を使っているということは、雄略以後は雄略と同時代の暦を使った、同時代の史料によって『書紀』が成立したと考えられるからである。雄略朝より古い時代では新しい儀鳳暦で記録されているということは、時代は古くても史料が新しいから、不確定な憶測や推測が紛れ込んでいる可能性がある。もっとも古い元嘉暦の雄略以後の記述にも史実の隠蔽や、故意に歪曲（わいきょく）した部分はある。それにしても雄略天皇以後、『書紀』はたびたび韓半島の百済の史料を引用しているところからみて、雄略天皇と同時代の史料が、中国以外の高句羅・百済・新羅の半島三国にかつて存在した可能性は否定できない。

漢文が日本に伝えられたのは『書紀』によると、五世紀初めの応神一六年、応神天皇の太子、ウジノワキノイラツコ時代に、百済から王仁（わに）が典籍をもたらしたとあるのが最初である。すでに五世紀に入っており、この史料を無視するわけにはいかない。おそらくこの頃から日本でも一部、知識階級の間で漢文が読み書きされるようになったのだろう。

それから数十年で雄略天皇の時代になる。おそらく『万葉集』の編者は、雄略を歴史的にみて確実に列島全体の倭王であった最初の人、つまり初代倭王として位置づけていたため、巻頭に雄略天皇の歌をもってきたと思われる。

私は三世紀の卑弥呼（ひみこ）の時代から説き起こし、神武天皇を高句羅の東川王（とうせん）に比定し、九州北部から大和地方に東遷した初代倭王であると解釈した（『三人の神武』）。

その他、雄略天皇以前にも、崇神（すじん）・応神・仁徳天皇と初代といわれるにふさわしい天皇は何人もいる。しかし雄略以前の倭王は神武のように制覇しただけで統治した様子はほとんどみえない。たとえていえば点と点が、ある時期、一人の倭王によって線で結ばれるが、面がないのである。つまり九州や難波から、あるいは日本海側から日本に上陸し、現地勢力を征伐して大和地方に入って倭王を自称したにしても、列島を統治した痕跡は残していない。

雄略天皇にはそれがあるのだ。なぜなら雄略は、神武以来の「欠史八代」の天皇が終わった時点で登場した倭王だからである。

雄略天皇時代、すでに日本には表音文字が存在した

雄略が統治した根拠の一つとして埼玉県行田市の稲荷山古墳出土の鉄剣がある。それには概略、次のような銘文が彫られていた。「辛亥の年（四七一）七月、意富比垝（大彦命）の子、多加利足尼から七代目の乎獲居に至るまで代々、杖刀人（大王の護衛の長）として大王に仕え、獲加多支鹵大王時代になった。大王の寺（朝廷）が斯鬼宮にある時、吾は天下を左治（補佐）した。百練の利刀を作り、奉事の根源を記す」

獲加多支鹵は雄略天皇で誰も疑わない。そこで問題になるのは獲加多支鹵の居住したという斯鬼宮の所在地である。『記紀』では雄略は大和地方から一歩も出ていないとしているから、斯鬼宮は大和地方にあるはずだ。大和地方にある斯鬼宮で乎獲居臣は雄略天皇に仕えていたのだから、乎獲居臣は鉄剣の出土した行田市の稲荷山古墳の被葬者ではない。実際、乎獲居臣は稲荷山古墳の主ではないという説がある（森田悌『古代東国と大和政権』）。

しかし私は乎獲居臣は稲荷山古墳の主であると考えている。

雄略天皇は関東に来たことがあり、その在所が斯鬼宮だったのではないか。そして斯鬼宮は今の志木(しき)市の名の由来になっているのではないか（『解読「謎の四世紀」』）。雄略の行動半径は非常に広く、『宋書』（列伝五七・夷蛮）に武（雄略）が奏上したという「昔より、祖禰(そでい)、甲冑(かっちゅう)を貫き、山川を跋渉(ばっしょう)し、寧処(ねいしょ)に遑(いとま)（暇）あらず。東に毛人五十五国を征し…」という条はあながち嘘ではなかったと思う。実際に雄略天皇は列島を東奔西走して戦っていたのだ。彼が関東に来た時、斯鬼宮に滞在したのではないか。

崇神朝に四道将軍の一人として北陸に派遣された大彦命の息子が、大和朝廷側の豪族として関東に土着したのは銘文の通りだろう。代々、杖刀人として仕えたとあるのは、大和朝廷側の地方の豪族として、地方にあって大和朝廷を補佐していたという意味と考えられる。

しかし、それも刀を作らせた乎獲居臣が先祖を美化するために記録させた言葉のあやかもしれない。実際は雄略天皇が関東制覇の拠点として斯鬼宮にあった時、関東の一豪族の乎獲居臣が雄略天皇側につき、杖刀人に任命されただけだったのかもしれない。つまり乎獲居臣の先祖が代々、大和朝廷の杖刀人として仕えたというわけではなく、雄略天皇が関東制覇に来た時、関東の豪族の一人だった乎獲居臣がいち早く雄略天皇を迎え入れ、その褒賞として杖刀人に任命されたというのが真相に近いのではないかと私は推測している。

銘文の解釈はおくとしても、常識として乎獲居臣が自身の功績を記録するために作らせた刀を他人の墳墓に入れさせるはずはない。稲荷山古墳の年代は乎獲居臣の時代と一致しているので、被葬者は乎獲居臣の子孫でもない。稲荷山古墳は乎獲居臣自身が被葬者であり、それを証明するために、銘文のある刀を副葬したとするのが最も自然な結論だろう。

以上の理由により、乎獲居臣は関東の斯鬼宮に滞在中の雄略天皇に仕えたのであり、乎獲居臣自身は終生、関東に土着していた豪族の一人だったと私は考えている。

九州熊本県玉名（たまな）郡菊水町江田の江田船山古墳から出土した刀にも、獲加多支鹵の名があった。

「台天下獲□□□鹵大王世、奏事典曹人、名无□（利か）弖…」とある。ムリテという雄略天皇の典曹（てんそう）という役職にある人が、子孫の繁栄を念じて刀を作ったというのである。不明の三字があるが、前後の字から「獲□□□鹵」は獲加多支鹵、すなわち雄略天皇、「无□（利か）弖」はムリテと読むと考えられている（東京国立博物館編『国宝銀象嵌銘大刀』）。

ムリテがどこで雄略天皇に仕えた人かはわからない。しかし後に述べるが、雄略天皇は九州に縁の深い人だったただけに、ムリテは九州在住の人だった可能性は高いと思う。

さらに千葉県市原市には稲荷台一号墳出土の鉄剣がある。これにはいくつかの文字が刻まれていたが、はっきりわかるのは「王賜」という文字だった。この鉄剣も選択肢の一つとして雄略朝初期と考えられるという（杉山晋作「七　有銘鉄剣にみる東国豪族とヤマト王権」）。

そこで「王賜」の王は雄略天皇で、関東一帯を制覇しつつあった時、土着の豪族を臣下にし、下賜した刀と推測される。

雄略天皇は武力だけではなく、懐柔もし、硬軟使い分けて倭王として列島を統治すべく心がけていたようである。このように雄略天皇は九州から関東まで具体的に、史料だけではなく、考古学上からも、いくつもの足跡を残している最初の人なのである。

しかし今、私が問題にしているのは、雄略天皇の行動ではない。刀の銘文は漢文だが、獲加多支鹵をはじめとして乎獲居や无□（利か）弖などの人名が表音文字であることである。

もっともこの時代は人名・地名などの固有名詞のみが音仮名表記されたもので、まだ「訓読み」には至らなかったとする沖森卓也氏（『日本語の誕生』）の意見は妥当だろう。

しかしこれらの銘文は、五世紀後半の雄略天皇時代には、すでに日本に表音文字が存在していたという厳然とした証拠物件にはなる。

第四章　天智・天武は雄略朝に映し出される

■雄略天皇は百済の王族だった

『記紀』などの記録から雄略天皇は初代天皇を意識した天武天皇に投影されているというのが、現在の一般常識だろう。

ところが、李寧熙氏（『もう一つの万葉集』）の雄略天皇の歌の解釈を読んで、私は愕然とした。雄略天皇の出自を語る有力な手がかりを秘めていたのだ。ただし本書では李寧熙氏の解釈文は必要な部分を除いて掲載していない。私自身、朝鮮語の読み書きができないので、万葉仮名が古代朝鮮語に変化する過程が理解できないからである。

したがって本書では李寧熙氏の解釈と私の見解が見事に一致した例のみを挙げることにしている。その一つが巻頭の雄略天皇の歌である。

雄略天皇の巻一―一の歌には万葉仮名で「菜採須兒　家吉閑名」（岩波・昭和四五年版）という条がある。この条は「菜摘ます兒、家聞かな」と訓読されているが、さして無理な解釈とは思われない。それを古代朝鮮語で読むと「吉閑名」は「ぎるかな」と発音し、「（家を）作ろう」という意味になるという。私が驚いたのは、この言葉の意味ではない。

李寧熙氏によると、「ぎるかな」という発音は半島の北西部、つまりかつての高句麗・百済地方に現在も一部、残っている方言であり、東南部では「じるかな」と発音される場合が多いという。私が驚いたのは、雄略天皇の歌に高句麗・百済方面の方言が使われているという李寧熙氏の指摘だった。なぜなら私は雄略天皇は百済の王族と考えているからである。とするならば、この歌は雄略天皇本人が歌った可能性すらあるではないか。

『書紀』の雄略天皇五（四六一）年四月条に次のような話が載っている。

倭国に送られていた百済の池津媛が密通の罪で殺されたのを恨んだ百済の蓋鹵王は弟の昆支（軍君）に倭国に行くよう命じた。昆支は倭国に遠征するにあたって、蓋鹵王の妃の一人を請うた。その女性は妊娠していた上、臨月だったので、蓋鹵王は倭国への道中で子供が生まれたら、その子を船に乗せて百済に帰国させるよう昆支に命じた。子供は筑紫の各羅島（佐賀県松浦郡の加唐島か）で生まれたので、嶋君と名づけられ、約束通り、百済に送り返された。この嶋君が後の百済の武寧王である。

武寧王の陵は旧百済王都の公州市に現存する。「百済本紀」によると、諱は斯摩で、墓誌にも斯摩王とあるところからみて、武寧王という王名は死後の諡であり、生前は嶋君という幼名からシマ王と呼ばれていたことがわかる。

武寧王は五二三年に六二歳で没したという墓誌の記録から、四六一年生まれであることがわかるが、嶋君が生まれたのも四六一年だった。さらに武寧王の棺には特別に四国・九州にしか産しない高野槇の木材が使われていることからも、武寧王と倭国との関係が深いことがわかっている。また鏡の副葬は列島に多い風習で、半島では珍しいのだが、武寧王の遺体の頭部には日本で三面出土した鏡（唐草文縁薄肉刻七獣帯鏡）が副葬されていたという。これらから武寧王は倭国から送り返された嶋君であるという、この時代の『書紀』の記載が正しいことが実証されている。

『書紀』の雄略二三年四月条に、雄略天皇は昆支の子を百済に帰国させて即位させようとし、昆支の子は数年の後に百済の東城（とうじょう）王になったとある。武寧王は東城王の次の百済王である。半島の史書『三国史記』の中の「百済本紀」によると、昆支は四七七（文周王三）年七月に没したとあるが、雄略天皇もその頃、没したようである。『書紀』からだけみても、雄略天皇は高句麗・新羅と敵対し、百済の救援に生涯を賭けている。それは中大兄皇子が百済復興のため、日本から出兵して唐国と戦ったことと似ている。

倭王武は先に挙げた宋への上表文（『宋書』列伝五七・夷蛮）の中で、百済の海を経る船便によって倭国は宋に朝貢しているが、「句羅（くり）無道、図りて見呑（けんどん）せんとす」と高句麗は無道にも倭国を併呑しようとしていると訴えている。

昆支が倭国に来た年は四六一年とはっきりしているが、いつ百済に帰国したかは明らかでない。昆支には列島で生まれて成長し、百済に帰国して東城王になった息子がいるのだから、昆支自身、長年、列島に滞在していたと考えるのが妥当だろう。

私は昆支本人が雄略天皇その人だったと考えている。

『書紀』は外来の人が倭王になった場合、その出身を隠蔽するため、しばしば架空の天皇を創作している。雄略天皇の場合が典型的で、昆支が倭王だったことを隠蔽するため、雄略天皇という倭王が別にいるように偽装したのである。

倭国にあって、自分の子を百済に送り込んで百済王にするほど実権を持つ昆支は、当然、倭王として列島を統治していたとするのが妥当ではないか。昆支は前の安康天皇を四六二年に滅ぼして倭王として宋に朝貢し、倭王武として認知された雄略天皇、その人だったと私は考えている（『広開土王と「倭の五王」』）。

雄略天皇は大和の泊瀬の朝倉宮で即位したとある。しかし宮跡が確定されているわけではない。昆支が最初に来日した場所は筑紫だった。私は斉明天皇が白村江の戦いに際して、行宮にした福岡県朝倉郡朝倉町の朝倉橘広庭宮が昆支の最初の居住地で、ここで倭王を宣言したと思っている（『広開土王と「倭の五王」』）。雄略天皇が九州に滞在していたからこそ、典曹人ムリテの銘刀が熊本県から出土したのである。

昆支は百済の王弟だった。そこで私は雄略天皇の歌に百済地方の方言が使われているという李寧熙氏の説に驚きながら、昆支＝雄略天皇説に自信を持ったのである。

そして私は中大兄は百済の武王の子だったと推定している。昆支も中大兄も百済の王族で倭王になったという近似した関係にあったのである。

■なぜ舒明天皇の歌が雄略の次に出てくるのか

中大兄は百済の武王の子という私の説からして常識からは大きく外れている。しかし私は武王（六〇〇即位～四二）は『書紀』に舒明朝として投影された人物であると考えている。巻一―一の雄略天皇に続く二の歌はその舒明天皇の歌である。

『書紀』によると、推古天皇が没した後、皇位を巡って聖徳太子の息子の山背（やましろ）皇子と後の舒明天皇になる田村皇子の間で争いがあった。結局、田村皇子が即位したというのだが、私は山背王朝が続いていたのを隠蔽するために、『書紀』が舒明朝を捏造したと思っている。『書紀』が山背王朝を抹殺した理由は次の通りである。

聖徳太子は騎馬遊牧民の達頭可汗（タルドウかがん）だったが、高句麗と連合して隋に抵抗した。隋に敗れた達頭は同盟国の高句麗から百済を経て倭国に亡命し、蘇我一族の馬子・推古天皇らの承認を得て倭王として大和盆地の斑鳩（いかるが）に君臨した。六〇八年、隋の使者が来て、聖徳太子と隋との間で講和が成立したのだが、間もなく隋は滅び、唐国が建国した。聖徳太子が六二二年頃、没すると、当然、長子だった山背大兄皇子が即位した。形式的ではあっても山背王朝は存在していたのである（『聖徳太子の正体』）。
『書紀』は山背王朝を抹消し、山背王朝時代は中大兄皇子の父である舒明天皇が即位していたとして、あたかも舒明朝が倭国に存在したかのように偽装したのである（『陰謀　大化改新』）。さてその舒明天皇の歌（巻一―二）は次の通りである。

天皇、香具山に登りて望國したまふ時の御製歌
2大和には群山あれど　とりよろふ　天の香具山　登り立ち　國見をすれば　國原は
煙立ち立つ　海原は　鷗立ち立つ　うまし國そ　蜻蛉島　大和の國は

天皇登㆓香具山㆒望國之時御製歌
山常庭　村山有等　取与呂布　天乃香具山　騰立　國見乎爲者　國原波
煙立龍　海原波　加万目立多都　怜𪫧國曾　蜻嶋　八間跡能國者

この歌は舒明天皇が「天の香具山」に登って国見をしたところ、国原には人家の煙が立ちのぼり、海原には鷗が飛んでいた。蜻蛉嶋大和国は何と良い国であることかという意味で、これは明らかに為政者の統治宣言の歌である。この舒明天皇の歌で問題にされてきたのは、大和の香具山からは海は見えないのに、海原に鷗が飛んでいるという表現だった。

『古事記』の雄略天皇条に雄略天皇の歌が載っている。万葉仮名で「蘇良美都夜麻登能久爾袁　阿岐豆志麻登布」という条がある。これは「そらみつ　倭国を蜻蛉島とふ」と訓読されている。雄略天皇の腕を咬んだ虻を蜻蛉がくわえて飛んでいったので、雄略天皇は倭国を蜻蛉島と名づけたというのである。奈良盆地の大和地方は島ではない。したがって蜻蛉島は大和地方ではなく、日本列島、つまり倭国にかかる枕詞なのである。

香具山は確かに大和三山のうちの一つで大和地方にある。しかし香具山は柿本人麻呂が高市皇子への挽歌（巻二―一九九）で歌っているが、そこではただ香具山とあって「天の」という美称はついていない。舒明天皇の歌の香具山に「天の」という美称があるのは、大和地方の香具山そのものを指すのではなく、日本列島を象徴する山という意味を込めているのである。

七世紀後半に日本という国名が成立するが、それ以前の日本は対外的には倭国とか大倭と表記され、「ヤマト」と発音されていた。ヤマトが奈良盆地の大和地方に限定され、大和と表記されるようになったのは、八世紀中頃と考えられている。舒明天皇の歌でも万葉仮名ではヤマトを「山常」「八間跡」と表記しており、当然、大和とは記されていない。

ヤマトが倭国全体を意味し、「天の香具山」には倭国を象徴する山という観念的な意味しかないとするならば、この歌は為政者の国褒め歌だから、舒明天皇が列島以外の場所から海路、為政者を志して到来した時の感慨を歌ったと解釈される。そう考えるならば、舒明天皇が海原に鷗が舞い飛んでいると歌っても不思議はないではないか。

先に述べたように私は舒明天皇は百済の武王だったと思っている。「百済本紀」によると、武王は舒明天皇と同じ六四一年に没した。『書紀』によると、舒明天皇は死の前年、百済宮に移り、百済宮で没し、百済の殯（もがり）を行なったとある。おそらく武王は列島に来た時、この歌にあるような感慨を述べたのだろう。そして百済宮に移ったとある時に武王は百済に帰国し、百済王として百済で没したと思われる。

『万葉集』が雄略天皇の歌を最初に載せている理由は、雄略天皇が天智・天武天皇の両者に投影された人物だったからと私は考えている。

雄略天皇は表向き天武朝に投影された人物ではあるが、血統的には百済系で天智天皇につながっている。『万葉集』の編者たちは、雄略天皇の次に天智天皇の父の舒明天皇の歌をもってきて天智朝の正統性を演出したのである。

■天智・天武と雄略は、二重写しになっている天皇

雄略天皇は天智天皇と百済の王統としてつながった人物だが、同時に雄略天皇は初代倭王として天武天皇と二重写しになっている。『古事記』の雄略天皇条に次のような話が載っている。

天皇が吉野に出かけた時、吉野川のほとりで美しい娘に出会った。そこで天皇自ら

琴を弾いて娘に舞いを舞わせたという。平安時代の史料だが、天武天皇が吉野宮に行き、日暮に琴を弾いていると、たちまち雲気が起こり、女神のような女性が現われ、袖を五回翻して舞った。それで「五節の舞い」というようになったという（『政事要略』巻二七）。

『古事記』『政事要略』のどちらの記述が正しいかは今は問題ではない。私には雄略天皇と天武天皇が同じ初代倭王として認識され、類似した人物と考えられていたことが重要なのである。『古事記』は天武天皇時代に発案されたせいだろうが、天武天皇に投影されている雄略天皇のエピソードの数々を載せている。その中に次のような話がある。

「ある時、雄略天皇は葛城山に登ったが、従う百官はみな雄略天皇から下された赤い紐をつけた青摺の衣服を着ていた。

その時、向かいの山の嶺から、雄略天皇の行列にそっくりの装束をした人々を従えた人が登ってくるのがみえた。それをみた雄略天皇は『この倭国には私を除いて王はいないのに、王と同じような行列で出かけてくるのは一体、誰なのか』と人をやって問わせた。

ところが、その人は雄略天皇と同じ言葉で返事をした。この返事に怒った雄略天皇は弓に矢をつがえ、百官も従って弓に矢をつがえた。相手の人もそれに従う者たちも同じようにした。そこで、雄略天皇は自ら『お前の名を名乗れ。各々が名乗ってから矢を放とう』といった。相手は『私が先に問われたのだから、先に名乗ろう。私は悪事も一言、善事も一言という神、葛城の一言主大神である』と答えた。

雄略天皇は返事を聞いて懼れかしこみ、『畏れ多くも、大神が現われなさいましたとは知りませんでした』といって、すべての刀・弓矢をはじめ百官の衣服まで脱がせて差し上げ、拝礼した。

一言主大神は手を打って喜び、その贈物を受けた。それから雄略天皇が帰る時、山の嶺から長谷の山の入口まで見送ってくれた」

雄略天皇が自分にそっくりな一行と出会い、それが一言主大神だったという話だが、百官が赤い紐をつけた青摺の衣装を着けていたとあるところに天武天皇が投影されている。

天武天皇が初代、漢の高祖にみずからを擬したというのは、すでに定説だが、漢は五行思想では火徳で赤を国の色としている。反面、高祖個人は母親が龍と交わって生まれたという伝説から木徳をもって自らを任じた。木徳の動物は青龍で、色は青である。雄略天皇の一行の衣装が漢高祖由来の赤と青が組み合わされているところからみて、この時の雄略天皇には天武天皇が投影されているとみていい。

一方の一言主大神だが、天皇という字を分解すると「一」「大」「白」「王」になる。「大」は人、あるいは王を意味し、「白」は「言う」だから、天皇は一言王になる。さらに主は王と同意語なので一言主大神は天皇を暗示している。雄略天皇は自分と同じ天皇に出会ったので驚いたのである。

その一言主大神のモデルは天智天皇だった。天皇を分解した字に白があった。白は五行思想では金徳で天智天皇の色である。雄略天皇が一言主大神に出会った場所は葛城山だったから、一言主大神は葛城山の主だったと推測されるが、天智天皇は葛城皇子ともいわれている（『書紀』舒明二年条）。

「白村江の戦い」に敗れた百済・高句麗の連合軍、つまり百済王子の中大兄皇子と高句麗の蓋蘇文（大海人皇子）は同じ倭国に閉じ籠もる他はなかった。「白村江の戦い」までは、対唐国戦で共闘していた両者は倭国の覇権をめぐって、倭国内で争わざるを得ない状態になったのである。

このような両者の一触即発の状態を『記紀』は雄略朝で投影したのだが、肝心の両者の対立が抜けている。『記紀』では両者は仲良く別れたようにみえるが、実はそうではなかった。

『続日本紀』の淳仁天皇天平宝字八（七六四）年一一月条に次のような話が載っている。雄略天皇が葛城山で狩りをしている時、老夫が現われて天皇と獲物を争ったので、天皇は老夫を土佐国に流罪にしたという。

明治時代の歴史学者栗田寛氏（『古風土記逸文考證』）も、雄略天皇は大いに怒って一言主神を土佐に流罪にしたという伝承を紹介している。この伝承は第Ⅱ部で述べた天智天皇が土佐で没したとする記録と呼応しているのではないか。

雄略天皇は天武天皇に投影されている。だから雄略天皇が天智天皇を暗示している一言主大神と和解するはずはない。『記紀』が記載をはばかった天智・天武両者の争いについては後世の『続日本紀』のほうが事実を伝えているようだ。

天智・天武はどのような容貌の人だったか

ところで『書紀』の天武即位前紀には、天武天皇は生まれつき立派な体格で、成長するにつれて威厳があって、雄々しく逞しかったとある。私は天武は蓋蘇文だと思っているが、蓋蘇文については『旧唐書』（列伝一四九上・東夷）に、髭がちな顔は甚だいかめしく、体つきは逞しく、身には五本の刀を帯びていたので、左右の者は恐れて、あおぎ見ることとすらできなかったとある。『旧唐書』の蓋蘇文の描写は『書紀』の天武天皇のそれと似ているが、中国の史料では蓋蘇文の髭が濃かったのが印象に残ったようである。中国では髭が多くて長いのがよいとされていたのだ。一般的にイメージされる天武天皇の外形は中国三国時代の蜀の武将関羽だろう。

しかし私には二上山麓にある當麻寺の四天王の、髭の濃い、がっちりとした体型、特に広目天の風貌に天武天皇の面影があるような気がしてならない。

広目天のすこし陰欝な表情に、戦いに生きる者のすさまじいまでの強い意志と暗い執念を感じるのは私だけだろうか。

當麻寺は薬師寺と同じように塔が東塔と西塔と二つある双塔式伽藍（がらん）の寺院である。このような双塔式伽藍配置の寺は東塔で天武天皇を、西塔で新羅の文武王（後の文武天皇）を表意したもので、典型的な天武朝型寺院である（『高松塚被葬者考』）。

天武朝末期、役小角（えんのおづぬ）（役の行者）が當麻寺に私料（しりょう）（個人の財産）を施入したという記録が残されている。私は役小角は文武天皇の子で、六九九年に文武天皇に命じられて新羅に帰国し、新羅の聖徳（せいとく）王になったと考えている（『すり替えられた天皇』）。私の考えでは文武天皇は天武天皇の長子だから、役小角は天武天皇の孫にあたる。このように當麻寺は特に天武朝と縁の深い寺だから天武天皇をモデルにした仏像があって当然なのである。

こうしてみると天武天皇の風貌については内外の記録もあって、ほぼ、その外形が想像されるが、天智天皇に関しては、どのような姿形の人だったのか、まったく史料がない。ただし『書紀』（雄略四年二月条）によると、雄略天皇が出会った一言主大神は「長人」とあり、訓読みで「長き人（たけたか）」だったとある。この「長人」は高貴な人を背の高い人物として描写したともとれるが、事実、一言主大神に投影された天智天皇は背の高い人だった可能性も考えられる。

制作年代に疑問が残るかもしれないが、私の脳裏には法隆寺の百済観音像が浮かんでくる。日本にしか産しない楠で作られているにもかかわらず、百済観音といわれているのも不思議ではないか。しかも法隆寺伝来の仏像ではなく、いつの頃からか法隆寺にある客仏といわれている。

外見上、天武天皇を関羽とするなら、天智天皇の姿形は、すらりと背の高いイメージのある諸葛孔明に似た人物だったのかもしれない。

■「夕されば小倉の山に…」酷似する舒明と雄略の歌

秋の雑歌の筆頭に舒明天皇の歌(巻八―一五一一)がある。

岡本天皇の御製の歌一首

1511 夕されば小倉の山に鳴く鹿は今夜は鳴かず寐ねにけらしも

崗本天皇御製歌一首

暮去者　小倉乃山尓　鳴鹿者　今夜波不レ鳴　寐宿家良思母

そして、次の巻九の雑歌の筆頭は雄略天皇の歌（一六六四）である。

泊瀬朝倉宮に宇御めたまひし大泊瀬幼武天皇の御製の歌一首

1664 夕されば小倉（をぐら）の山に臥（ふ）す鹿し今夜（こよひ）は鳴かず寐（い）ねにけらしも

右は、或る本に云く、「崗本天皇の御製なり」といふ。正指を審らかにせず。因りて以て累（かさ）ねて載す。

泊瀬朝倉宮御レ宇大泊瀬幼武天皇御製歌一首

暮去者　小椋山尓　臥鹿之　今夜者不レ鳴　寐家良霜

右、或本云、崗本天皇御製。不レ審二正指一。因以累載。

岡本宮天皇の岡本宮は奈良県高市郡明日香村に比定されている。岡本宮には斉明天皇も居住していたので、この歌（一五一一）は斉明天皇の作ともとれるが、一般的には舒明天皇と考えられているし、私もそう思う。

舒明・雄略両者の歌は訓読みすると舒明天皇の「鳴く鹿」と雄略天皇の「臥す鹿」の違いだけで、極めて酷似した歌である。どうして雄略天皇と舒明天皇にこのような酷似した歌があるのだろうか。

両者の歌は五（五音節）・七（七音節）・五（五音節）・七（七音節）・七（七音節）と独立した短歌である。初期の歌は雄略天皇の巻一の歌のように、一定のリズムはあるが、発音の字数に決まりはない長歌といわれるものである。長歌に付随して五・七・五・七・七の発音数に決まりのある反歌が出現し、やがて反歌は短歌として独立した。

短歌として独立した歌で、年月のわかる最初の歌は、有間（ありま）皇子が謀反の罪で紀州に連行される途上、詠（よ）んだといわれる六五八（斉明四）年一一月の歌（巻二―一四一・一四二）である。ただし有間皇子の歌はこの二首しか残されていないので本人の歌かどうかはわからない。後世の人が有間皇子の心を汲（く）んで作った可能性が残される。したがって先述したように、六五九年三月、額田王が近江で詠んだ歌のほうが確実である。

この頃に短歌形式は成立したと考えられているが、この後も短歌とは別に五・七・五・七・七の反歌は存続している。したがって右に載せた短歌形式の舒明・雄略天皇の歌は本人の歌ではなく、後世の作であり、それぞれ天智・天武朝を投影させていると考えられる。

問題はなぜ、酷似した歌を雄略・舒明天皇の歌として『万葉集』に載せたかという、その理由である。そこには対立する天智・天武朝間の熾烈な争いが隠されている。

李寧熙氏（『枕詞の秘密』）も舒明天皇の歌は実は天智天皇が歌ったと想定し、鹿は蘇我入鹿を指し、中大兄皇子らが鹿、つまり蘇我入鹿を殺してしまったので、今夜は鹿は鳴かず、安らかに眠れるという意味の歌と解釈している。つまり「寝る」という意味を「死ぬ」と解釈し、鹿を死なせた張本人である中大兄が鹿はもう鳴くことはない、今日から枕を高くして寝られるという意味で、勝利宣言の歌であるという。私もこの歌を勝利宣言の歌とすることに異議はない。

しかし鹿に関する見解は李寧熙氏と違う。中大兄皇子本人の歌ならば、当然、鹿と関係するのは蘇我入鹿であり、李氏の説どおりとなるだろう。しかし入鹿を滅ぼした事実を隠す必要はない。蘇我一族が滅ぼされた「乙巳の変」の事件について、『書紀』はその経過を一切隠していないではないか。蘇我一族が滅亡したのは、いわば中大兄皇子らによる天誅（てんちゅう）だったのである。したがって天智天皇が、歌で入鹿を鹿で暗示する必要はないはずだ。

私は舒明天皇作といわれるこの歌の場合の鹿も、「扶余の鹿」の鹿からきており、天武天皇を暗示していると思う。

天武天皇は天武一一（六八二）年八月、唐国勢力に追われて日本海側に逃亡途上、殺されたと私は推測している。それには天武天皇の子とされているが、実は天智天皇の子、高市皇子を中心とする倭国内の反天武勢力も加わっただろう（『白虎と青龍』）。したがって、この歌は天武天皇が遭難した後、舒明天皇の血統である天智系の高市皇子時代になった、少なくとも持統朝以後に作られた歌と私は推測する。

酷似した両者の歌のうち、どちらが先に作られたかといえば、私は雄略天皇とされている巻九の歌のほうだと思っている。この歌には恐るべき暗示が込められている。『記紀』によると、雄略天皇はライバルの市辺押磐皇子を狩りと偽って誘い出し、近江で謀殺した。李寧熙氏（『枕詞の秘密』）によると、市辺押磐の「市」は吏読の音読みで「シ」、「辺」の訓読みは「ガ」で、合わせると「シガ」で鹿に酷似する発音になる。これより市辺押磐皇子は鹿で暗示されているという。

市辺押磐皇子の父親は仁徳天皇の太子とされる履中天皇だが、履中天皇は見事に舒明天皇と二重写しになる人物なのである。『書紀』によると、履中天皇の母は葛城ソツヒコの娘とある。日本の史料でいえば、履中天皇とはそれだけの人であるが、百済では腆支と呼ばれ、倭国に人質として行った人だった。「百済本紀」によると、阿華王六（三九七）年五月、王は倭国と友好関係を結び、太子の腆支を人質にして倭国に送り出したとある。このことは『書紀』の応神天皇八年三月条に『百済記』にいうとして、百済は王子直支（腆支）を友好のため、送ってきたとある。そして応神一六（四〇五）年、阿華王が没したので、直支を帰国させて百済王としたという。ここまではなんら不思議なことはない。

しかし「履中紀」による干支の計算では、履中天皇は四〇〇年に即位し、四〇五年に没したことになっている。『書紀』では履中は元年、二月朔が壬午の年に即位したとある。この頃、二月朔が壬午なのは四〇〇年であり、履中天皇が没したという履中六年の三月朔が壬午なのは四〇五年しかないからである。そして四〇五年は直支王が百済に帰国して腆支王になった年である。

私は履中天皇とは直支王をいい、直支王が四〇五年に百済に帰国したので、履中朝時代は終わったとされたとみる。私は直支王が百済王として帰国するまでの四〇〇年から四〇五年までの五年間は、履中天皇の架空の天皇時代だと思っている（『広開土王と「倭の五王」』）。

仁徳天皇が来倭するまでの五世紀初めの倭国は、応神天皇の実子、ウジノワキノイラツコが倭王として存在していた。そのウジノワキノイラツコを滅ぼしたのは仁徳天皇だった。ウジノワキノイラツコが倭王ならば、仁徳天皇は皇位簒奪者である。ウジノワキノイラツコが倭王だった事実を隠すために履中朝をあたかも存在したかのように応神天皇の次においていたのだ。

しかし今、私たちがみる『記紀』には四〇五年までの履中朝は存在せず、履中天皇は仁徳天皇の次の天皇ということになっている。『記紀』の成立する以前から何らかの記録が存在していたようだ。その史料で、すでにウジノワキノイラツコ朝を抹殺するため、履中朝を捏造していた。『書紀』はウジノワキノイラツコを抹消するために捏造された履中朝は消したが、干支だけを不覚にも取り残したのだろう。『書紀』は履中朝を消した代わりに応神朝を応神四一年二月、つまり四二九年まで引き延ばしてウジノワキノイラツコ朝を抹消した。それは山背王朝の存在を舒明朝によって隠したのと同じ手法である。

しかし履中朝がなかったわけではない。最初に南宋に使者を送った讃こと仁徳天皇はウジノワキノイラツコ朝、つまり応神朝を四一九年までに滅ぼし、仁徳天皇本人は四二七年に没した。仁徳天皇が没すると、翌四二八年頃、直支王が妹らと再び倭国に来たとある。

百済王になっていた直支王は仁徳天皇没後の倭国の混乱に乗じて、再度、倭国に来て、今度は本当に倭王になった。四三〇年に南宋に使者を送った倭王とは、四二七年に没した仁徳天皇ではなく、次に即位した履中天皇をおいてないのである（『広開土王と「倭の五王」』）。

このように百済の質子として来倭し、百済に帰国して百済王となり、さらに倭国に再来して倭王となった腆支王こと履中天皇は、舒明天皇と二重写しになっているのだ。腆支王は倭国と百済の間を行ったり来たりしているが、おそらく舒明天皇も百済王とはいえ、達頭こと聖徳太子に擁立された人だから、倭国と深い関係にあり、百済と倭国の間を何回となく往来していたと思われる。

このように結論づけるなら、履中天皇の子の市辺押磐皇子は、当然舒明天皇の子の天智天皇とダブってくることになる。母が葛城ソツヒコの娘という履中天皇の母方から、天智天皇は葛城皇子と呼ばれたことが推測される。

さらに雄略天皇が市辺押磐皇子を謀殺した場所が近江だったとされていることだ。天智天皇は近江大津京で即位し、大津京の創立者である。

これらから明らかに『記紀』は雄略＝天武、舒明＝履中、そして天智＝市辺押磐をダブらせて記録しているとみられる。

そして過去のすべての伝承や『記紀』の意図を踏まえた上で、『万葉集』の編者は雄略天皇のこの歌を載せたと推測される。

この歌を雄略天皇作とした時期は定かではないが、六七二年の「壬申の乱」で大海人皇子が近江大友朝に勝利した直後、天武朝が成立して間もない時期だったと推測される。

結論として、雄略天皇の歌にある殺された鹿は天智天皇であり、舒明天皇の歌の殺された鹿は天武天皇だった。天智朝、天武朝の共に勝利宣言の歌だったのである。『万葉集』の編者は酷似した二つの歌を載せて、天智・天武朝のバランスをとったと私は推測している。

第Ⅲ部のまとめ

政治的な悲劇や悲恋はまだまだ数多く『万葉集』の中に隠されたままにあるだろう。とても私だけでは解明し切れない。しかし、この後も歴史を解明する過程で、少しずつ、新しい解釈が出てくるかもしれない。

『万葉集』を私なりに総括すると次のようになる。

1　『万葉集』には七世紀後半以前の応神天皇時代の歌や雄略天皇の歌が載っているが、主題は七世紀後半以後で、天智・天武朝時代を投影させている歌集である。

2　『万葉集』は聖武天皇が譲位した後、聖武天皇、及び橘諸兄、大伴家持らによって発案された。

3 『万葉集』全二〇巻のうち、最初の巻一は藤原仲麿時代に完成されたと考えられ、天武朝賛歌で締めくくられている。巻二の完成時は、藤原仲麿時代が終わり、天智系の光仁天皇朝が成立した宝亀年間と考えられ、主題には天智朝追悼の意味が込められている。巻一と巻二の編纂は家持と考えられる。

4 大伴家持は光仁天皇の息子の早良（さわら）皇太子の春宮（とうぐう）大夫だった。桓武天皇は家持に謀反の疑いを持ち、家持が没しているにもかかわらず、謀反人として処遇した。家持は聖武天皇没後、全面的に『万葉集』編纂に携わっていたから、桓武天皇は家持に連座させて『万葉集』そのものを史上より抹殺した。

5 平安時代初期の『古今集』成立時に、『古今集』の編纂者らは天武朝正統を強調した『万葉集』の序文を廃棄し、奈良時代の歌を全二〇巻に再編纂して世に出した。

ただし、いつ『万葉集』という題名がつけられたかは明らかでない。

6 『万葉集』の前半は額田王や柿本人麻呂ら、来日一世の歌で、朝鮮語で裏読みされている歌が多いのが特徴である。後半になると裏読みされた歌は少なく、家持の歌が主流になる。

本書では私自身の歴史観を基礎において『万葉集』を解釈している。ところが、私の古代史観は常識とは大いに異なっているので、初めてこの本に接する人には理解不能な箇所が多々あるのは当然である。

さらに額田王と柿本人麻呂が同時代人であるにもかかわらず、この本では各々独立した部を形成しているため、時代が前後する。その上、『万葉集』は歌集で歴史書ではないから、古い時代から新しい時代に規則的に歌を並べていない。そのため本書は時代が錯綜してわかりづらいと思われる。私の筆力のなさもあるだろう。

そのような欠点を覚悟の上で、本書を世に問うことにした。少なくとも『万葉集』が古代人がおおらかに美しい大和ごころを歌った日本最古の歌集というだけではないと主張したい。

また、仮名文字が完成した平安時代の『古今集』以後の歌集とは、同じ歌集でも『万葉集』はまったく性格が違うことを強調したい。『古今集』以後は日本特有の和歌の世界であり、それは現代にも通じる。

それに対して『万葉集』は漢字ばかりの表記で、その初期の歌は日本ばかりでなく、朝鮮でも解読可能な歌があった。

『万葉集』の時代は、平安時代以後、完全に独立国となり、千年以上、日本国特有の文化を創造して現代に至った我々日本人にとって理解するに困難な時代ともいえる。

私の説の是非はともかく、『万葉集』は史実の告発という恐ろしい側面を秘めた歌集であり、『記紀』の記述を補う史書としての役割を果たしている事実を読者が感じるだけで、本書を書いた私の目的は達せられるのである。

あとがき

一九八九年、李寧熙氏が『もう一つの万葉集』を文藝春秋から出版した。当時、文藝春秋の出版局長だった豊田健次氏は、万葉集の歌の裏側にある真相を古代朝鮮語で暴露するという李寧熙氏の説を裏付けるには、半島と列島の間に密接な人的・社会的・歴史的交流があったことを証明しなければならないと考えられた。そこで日本古代史を専門とする学者の人々に、第三者的な証明をしてもらうべく諮ったが、どなたも『日本書紀』を一歩も出ておらず、断わられてしまったという。

当時、私は『白村江の戦いと壬申の乱』（現代思潮新社、一九八七年）において、大海人皇子＝高句麗の蓋蘇文、中大兄皇子＝百済王子の翹岐という説をすでに明らかにしていた。しかし、私の意見は今もそうだが、あまりに突飛で容認されがたく、李寧熙氏の援護射撃にはなりえなかった。残念であった。かくして李寧熙氏の説は線香花火のように消えてしまったのだが、今後、李寧熙氏に続いて、古代朝鮮語による裏読みを解明する人が現われることを期待している。

また私は、李寧熙氏の本に関連して、繰り返し『万葉集』を読むなかで、ある点に気づいた。それは『万葉集』も『日本書紀』と同じように、陰陽五行説や怪異現象に託して史実の真相を物語っている場合がある、ということだった。そこで二〇〇三年、祥伝社から『本当は怖ろしい万葉集』を出版した。

このたび、この本が祥伝社新書として刊行されるにあたり、当然のことながら加筆や訂正を施(ほどこ)そうとした。この一〇年の間に、私の考え方が変わったり、訂正すべき場合もあると思ったからである。しかし、私の目が悪くなり、原稿を読むことすらままならない。だからといって、そのまま出版したのでは死後出版と同じである。

二〇〇三年に出した『本当は怖ろしい万葉集』の担当編集者は岡部康彦氏であった。今回、岡部氏が原稿を朗読し、私が必要箇所に適宜、朱筆を入れるという、いわば口述筆記のような方法をとることで、本書は日の目を見ることができたのである。

二〇一六年九月

小林惠子(こばやしやすこ)

【参考文献】

序章

1　白川　静　『後期万葉論』中央公論社　一九九五年三月

2　梅原　猛　『水底の歌―柿本人麿論』（下巻）新潮社　昭和四八年一一月

第Ⅰ部

1　鮎貝房之進　『朝鮮姓氏・族制考』　国書刊行会　昭和一二年一二月初版　昭和六二年三月復刻版

2　末松保和朝鮮史著作集1　『新羅の政治と社会』上　吉川弘文館　平成七年一〇月

3　金　思燁　『記紀万葉の朝鮮語』　六興出版　昭和五四年八月

4　李　鐘徹　藤井茂利訳　『万葉と郷歌―日韓上代歌謡表記法の比較研究―』　東方書店　一九九七年九月

第Ⅱ部

1　松前　健　「日本神話と朝鮮」伊藤清司・大林太良編『日本神話研究1日本神話の世界八』　学生社　昭和五二年五月

2　多田一臣　『万葉歌の表現』　明治書院　平成三年七月

3　佐竹昭広他校注　新日本古典文学大系1『万葉集』岩波書店　一九九九年

4　山田英雄『万葉集覚書』岩波書店　一九九九年六月
及び「万葉歌二題」『日本歴史』第593号　吉川弘文館　一九九七年一〇月
5　梅原　猛『水底の歌―柿本人麿論』（上巻）新潮社　昭和四八年一一月
6　土屋文明『萬葉集私注』十　補巻　筑摩書房　昭和五八年二月
7　泉　靖一『済州島』東京大学出版会　一九九一年四月版
8　渡里恒信「城上宮について―その位置と性格―」『日本歴史』第598号
吉川弘文館　一九九八年三月
9　吉野裕子『陰陽五行と日本の文化―宇宙の法則で秘められた謎を解く』
大和書房　二〇〇三年四月

第Ⅲ部

1　横田健一『道鏡』吉川弘文館　平成四年四月版
2　森田　悌『古代東国と大和政権』新人物往来社　一九九二年一〇月
3　東京国立博物館編『江田船山古墳出土　国宝　銀象嵌銘大刀』吉川弘文館　平成五年八月
4　杉山晋作「有銘鉄剣にみる東国豪族とヤマト王権」『新版「古代の日本」』8
坪井清足他監修　戸沢充則他編　角川書店　一九九三年四月
5　沖森卓也『日本語の誕生　古代の文字と表記』歴史文化ライブラリー151

吉川弘文館　二〇〇三年四月

【全体の参考文献】

李　寧熙　『もう一つの万葉集』　一九八九年八月
『枕詞の秘密』　一九九〇年四月
『天武と持統』　一九九〇年一〇月
『日本語の真相』　一九九一年六月
『甦える万葉集』　一九九三年三月
以上　文藝春秋

小林惠子　『白村江の戦いと壬申の乱』　一九八七年一二月
『高松塚被葬者考』　一九八八年一二月
『倭王たちの七世紀』　一九九一年四月
『聖徳太子の正体』　一九九〇年一〇月
『二つの顔の大王』　一九九一年九月
『陰謀　大化改新』　一九九二年九月
『白虎と青龍』　一九九三年九月
『三人の神武』　一九九四年一〇月
以上　現代思潮新社

『解読「謎の四世紀」』　一九九五年九月
『広開土王と「倭の五王」』　一九九六年八月
『興亡古代史』　一九九八年一〇月
『すり替えられた天皇』　二〇〇〇年一〇月
『争乱と謀略の平城京』　二〇〇二年一〇月

以上　文藝春秋

切りとり線

★読者のみなさまにお願い

この本をお読みになって、どんな感想をお持ちでしょうか。祥伝社のホームページから書評をお送りいただけたら、ありがたく存じます。今後の企画の参考にさせていただきます。また、次ページの原稿用紙を切り取り、左記まで郵送していただいても結構です。

お寄せいただいた書評は、ご了解のうえ新聞・雑誌などを通じて紹介させていただくこともあります。採用の場合は、特製図書カードを差しあげます。

なお、ご記入いただいたお名前、ご住所、ご連絡先等は、書評紹介の事前了解、謝礼のお届け以外の目的で利用することはありません。また、それらの情報を6カ月を越えて保管することもありません。

〒101-8701（お手紙は郵便番号だけで届きます）
祥伝社新書編集部
電話03（3265）2310
祥伝社ホームページ　http://www.shodensha.co.jp/bookreview/

★本書の購入動機（新聞名か雑誌名、あるいは○をつけてください）

＿＿＿＿新聞の広告を見て	＿＿＿＿誌の広告を見て	＿＿＿＿新聞の書評を見て	＿＿＿＿誌の書評を見て	書店で見かけて	知人のすすめで

★100字書評……万葉集で解く古代史の真相

名前

住所

年齢

職業

小林惠子　こばやし・やすこ

1936年生まれ。岡山大学法文学部東洋史専攻卒業。『記紀』を偏重する日本史学会と一線を画し、日本古代史をつねに国際的視野から見つめ、従来の定説を覆しつづける。

〈著書〉『陰謀 大化改新』『二つの顔の大王』『白虎と青龍』『聖徳太子の正体』『広開土王と「倭の五王」』（以上、文藝春秋）。『白村江の戦いと壬申の乱』『高松塚被葬者考』『倭王たちの七世紀』『小林惠子 日本古代史シリーズ　全九巻』（以上、現代思潮新社）。『西域から来た皇女』『大伴家持の暗号』『桓武天皇の謎』『空海と唐と三人の天皇』（以上、祥伝社）など。祥伝社新書に『古代倭王の正体』がある。

万葉集で解く古代史の真相

小林惠子

2016年10月10日　初版第1刷発行

発行者……………辻 浩明
発行所……………祥伝社しょうでんしゃ
〒101-8701　東京都千代田区神田神保町3-3
電話　03(3265)2081(販売部)
電話　03(3265)2310(編集部)
電話　03(3265)3622(業務部)
ホームページ　http://www.shodensha.co.jp/

装丁者……………盛川和洋
印刷所……………堀内印刷
製本所……………ナショナル製本

Printed in Japan　ISBN978-4-396-11482-4　C0221